梦回楼兰

吴宸亮 著

线装書局

图书在版编目（CIP）数据

梦回楼兰 / 吴宸亮著 . —— 北京 ：线装书局，
2023.1
ISBN 978-7-5120-5278-9

Ⅰ. ①梦… Ⅱ. ①吴… Ⅲ. ①长篇小说－中国－当代
Ⅳ. ① I247.5

中国版本图书馆 CIP 数据核字 (2022) 第 226101 号

梦回楼兰
MENGHUI LOULAN

作　　者：吴宸亮
责任编辑：程俊蓉
出版发行：线装書局
　　　　　地　址：北京市丰台区方庄日月天地大厦 B 座 17 层（100078）
　　　　　电　话：010-58077126（发行部）010-58076938（总编室）
　　　　　网　址：www.zgxzsj.com
经　　销：新华书店
印　　制：涿州军迪印刷有限公司
开　　本：787mm×1092mm　1/16
印　　张：13
字　　数：165 千字
版　　次：2023 年 1 月第 1 版第 1 次印刷

定　　价：59.80 元

线装书局官方微信

目　录

第一章　枫叶血渍的来历

2018 年秋天的某个清晨，一阵微风徐徐吹过，将树上的片片枫叶从树枝上吹落下来，伴随着这阵微风吹过的方向，一片红色的枫叶便落在了一位二十一岁，衣着整齐，穿着一身黑色笔挺西装，留着一头边分的短发，长相俊美的青年身上。

就在枫叶落在那青年身上的一瞬间，他不由得猛然一惊，注意到了它的存在，于是他捡起那片枫叶，却发现这片枫叶和其他枫叶比起来显得有些与众不同，因为他看见这片枫叶的边缘处有一抹变干的血渍，这不由得令他大吃一惊。

他猛地一抬头，从这片枫叶飘来的方向向上一看，却发现他抬头观看的方向只有一棵棵普普通通的枫树，可是这叶子上的血渍到底是怎么来的呢，难道是受伤的小鸟在树上搭窝的时候滴在枫叶上面的吗？

带着脑海中的这个分析和疑问，他不由得仔细地观察着这棵枫树的树杈，想要在树杈上寻找一下可能存在的鸟窝，若是找到鸟窝就大概能够知道这片叶子上的血渍究竟是怎么一回事了，然而当他在寻找鸟窝的过程中，又发现了一个意外的收获。

他忽然间发现，在其中一棵枫树的树干上也同样残留着已经变干的血渍，而在那一大片被血渍染红的树干上，竟然还有五个深深扎进树干内的印记，这让此时的他很快就猜测到，枫叶上所残留的血渍很可能就源于这个树干，而树干上的血渍究竟是谁留下的呢？带着这个疑问，青年便决定去找一找他的一位好朋友，那便是和他一块儿从小玩到大的好哥们儿孙子楚。

此时，在他好朋友孙子楚的化验室内，穿着白大褂的孙子楚正在熟练地操作着化验的步骤，当化验结果出来时，他说道："叶肖，化验结果出来了，这血渍的主人应该是白肩雕，它生长于新疆，新疆人称它为夏候鸟，栖息于山地，可达海拔 1400 米的高处，也见于草原、丘陵、河流的砂岸等地。喜欢混交林和阔叶林，冬季也常到低山丘陵、森林平原、小块丛林和林缘地带，有时见于荒漠、草原、沼泽及河谷地带。"

这位名叫孙子楚的不仅是叶肖儿时的玩伴，而且也是叶肖在湖南省南华市警官学院的校友，毕业于法医系本科，他留着一头齐肩的长发，戴着一副近视眼镜，下巴上留着胡楂，今年刚满二十岁，五官很端正，样子看上去普普通通，但是作为男人的他偏偏要留像女人那样子的长发，这让人看上去总会觉得有些别扭。

听孙子楚这么一说，叶肖心里头不免有些惊讶，于是问道："白肩雕不是生长在新疆吗？怎么会出现在我们南华市这儿呢？"

问过以后，他又凭借着自己在警官学院学到的推理能力分析了一阵子，而后猜测道："莫非这家伙是从动物园里跑出来的？或者是让人当作宠物一样养着？"

听完叶肖的话，孙子楚便微微点了一下头说道："你说的这两点都有可能，不过我们这儿离着动物园还远着呢！我觉得它不大可能是从动物园那儿飞来的。"

孙子楚说完，叶肖便一下就明白了他的意思。

"你的意思是，它是被人当作宠物养着，然后无意间偷跑出来的吗？"

"没错，确实有这个可能，不过我们一般从来都不拿鹰来当作宠物。"

"是啊，要知道国家是不允许私自饲养这种保护动物的……"

当叶肖说到这儿时，那天生敏锐的头脑又让他在种种疑惑当中猜到了一点儿蛛丝马迹。

"莫非这动物的主人是在家偷偷饲养的？这白肩雕是他托关系走私运过来的？"

听叶肖这么一说，孙子楚禁不住为他赞美道："哈哈，好小子，想不到你的思维还是那么的敏捷呀！一滴白肩雕的血竟然能让你顺藤摸瓜，找出这么多的细节，真是让人不得不佩服呀！你的确是块当警察的料，怪不得你刚毕业就当上刑侦大队的队长了。"

被孙子楚这么一称赞，性格一向谦虚低调的叶肖一点也不骄傲，他淡然一笑说道："哈哈，这没什么，只不过是我在上警校时学到的职业习惯罢了，再说我从小的愿望就是当警察，在还没有就读警校的时候我也经常爱这样。"

"哈哈，所以说你小子天生就是一块儿当警察的好苗子，去年还没毕业的时候你凭借自己个人的聪明才智协助公安机关破获了一起重大的贩毒案件，深得总警监刘译的赏识，把你升格为全国十大杰出警界青年之首，如今你的名声早已响彻大江南北，在整个南华市都没有人不知道你叶肖叶警长的大名啊！哈哈。"

"哈哈，老孙呀！你简直太抬举我了，我现在还只是刑侦大队的大队长，离着警长这条路还远着呢！不过我总有一天会成为警长的。"

当他们二人说到这儿时，叶肖脑海中不知不觉间对那只白肩雕的伤有了几分好奇，于是便转移了话题说道："不过，我还不知道那只白肩雕到底是怎么受伤的，看到它在枫树上用爪子抓出的五个深深的爪痕，它可能伤得比较厉害。"

对于叶肖心中的这份好奇猜疑和疑问，孙子楚并不以为意，反而觉得这不是一件值得人注意的事。

　　"哎哟！你管那只白肩雕是怎么受伤的呢！对每一件事都那么专注，你累不累呀！只要不是有关人的命案你都用不着那么操心，还是去忙你自己的事吧！"

　　听到孙子楚这么一说，叶肖不由得想起对他来说，确实是一件比命案更为重要的事，于是他掏出他的苹果 6Plus 手机看了看时间，这一看让他彻底傻了眼。

　　"哎呀！糟了，我为了这只白肩雕迟到了那么长时间，小枝肯定会骂我的，我得赶紧去海洋动物园。"

　　说完之后，便准备快速往孙子楚化验室的大门外跑去，然而这时候孙子楚却面带微笑地叫上了他。

　　"慢着。"

　　听到这话后，叶肖于是回过头急忙问道："老孙，你还有什么事？"

　　孙子楚这时二话不说地将一束鲜花放在叶肖的手上说道："这束鲜花原本是我的一个学生在前几日教师节那天送给我的，不过现在看来你比我更需要，你把这个给小枝，她的气一定会消的。"

　　叶肖连忙接过孙子楚递给他的那一束鲜花，心里非常感激地说道："谢谢你，老孙，还是你够义气，够哥们儿。"

　　说完之后，便急匆匆地离开了孙子楚化验室的大门，望着叶肖那急匆匆远去的背影，孙子楚则面带微笑地摇了摇头说道："哎！你走慢一点小心跌倒了，你这个急性子什么时候能改一改呀！"

　　离开孙子楚的化验室，叶肖急忙叫了一辆出租车，赶往和女友约会的地点。

　　当他到达南华市海洋公园时，便在约会地点见到了此时早已怒气冲冲，脸上挂满愤怒与不满的情绪，好像要把他吞掉的女友欧阳小枝。

"对不起，小枝，我今天因为有事才耽误了这么半天，真的不好意思，对不起啊！"

叶肖一边老实而又诚恳地跟她道着歉，一边希望她能够平复一下内心深处那愤怒的情绪。

这位名叫欧阳小枝的女孩是叶肖的女友，她是一名考古工作者，毕业于燕京大学考古学院，能够熟练精通和掌握中国各个朝代，还有汉代时期西域的一些古国的历史，特别是楼兰国的历史，这也与她的那位专门从事研究楼兰国文物和历史的父亲有关。

至于她是如何和叶肖认识并相爱的，这得从两年前叶肖表哥柴俊的一次生日宴会上说起，因为欧阳小枝的闺蜜是一名作家，和叶肖的表哥柴俊是文学界的同行，也是他的好友，在柴俊当天的生日宴会上，她随她的闺蜜一块儿去参加了那次宴会，由于叶肖是柴俊的表弟所以也去参加了，两人在宴会上一见如故，谈得比较合得来并且互相留了微信，所以一来二去就这样好上了。

欧阳小枝今天的穿着显得格外漂亮，为了这次约会，她特意穿了一件红色的连衣裙，一双白颜色的高跟鞋，再加上她那一张瓜子脸，那白里透红的肌肤，以及天生两道柳叶般的眉毛，眼窝深陷的大眼睛，高高挺起的鼻梁，还有那一双单眼皮长睫毛，长相有一点儿偏向于欧洲人，但是没有欧洲人那金发碧眼的特征，确切地说她有点像新疆人，但仅仅只是长得像而已，因为她毕竟不是新疆人。

此时的她正在用她那双大大的杏核眼睛怒瞪着叶肖，加重音调用那责怪的语气说道："你看你这回是第几次迟到了，第一次你说是为了协助警察破一个案子，第二次你说是为了救一个被困的小女孩，第三次是因为你帮助警方破获了一起抢劫案，没想到这一次你又迟到，这回你又想找什么理由！"

听到她的怒喝与抱怨，叶肖一脸歉意地给女友欧阳小枝解释说："因为我现在是南华市警界十大杰出青年之首嘛！有许多警察在办案的时候都会主动找我的，这一次是因为发现一摊血迹，我以为是命案所以就去找我的好友孙子楚化验去了，可没想到化验出来的却是一只白肩雕的血渍，害得我大惊小怪白忙活了一场，所以就耽误了，实在抱歉啊！别再生气了。"

见到叶肖这一次竟然又给自己找借口，这让欧阳小枝更加生气。

"好你个叶肖，这次居然又在跟我找借口，你如果不想和我约会就直接说嘛！何必这样惺惺作态呢！你这一次竟然会为了一只白肩雕耽误时间迟到，呵呵，这个理由你也编的是够荒唐了呢！"

说完之后，她便背对着叶肖用那调侃的语气接着说："我知道，你这个被警界的王总监评选出的警界十大青年之首，日理万机忙不过来，又怎么会把我这个小女子放在眼里呢！"

"我没骗你，更没有编理由，我不是不想和你约会，我是真的很忙，请你理解我一下。"

"呵呵，理解你，那你为什么不能理解我呢！每次约会都迟到，而且总有原因，天底下哪有那么巧的事呀！我不知道你眼里还有没有我。"

"我眼里当然有你，不信的话你就转过头看看我这袋背包里装的是什么？"

然而，欧阳小枝因为心里仍然有气，所以仍旧不愿意回过头。

"呵呵，你能有什么好东西给我看呀！不就是你平时办事的时候，需要的证物和文件吗？"

"不是的，你转过身就知道了。"

叶肖的这句话让欧阳小枝心里头顿时有了期待，她猛地一回头，此时的叶肖正在她面前拿出了一束孙子楚送他的鲜花，递给了欧阳小枝并说道："这是我特意为你买的，就当作是我今天迟到的赔罪，请你原谅我吧！"

见到叶肖一下子送了这么大一束鲜花给她，欧阳小枝心中的气顿时消去了一大半，她一把接过叶肖送给她的那一束鲜花，微微一笑回应道："看在你给我送花赔罪的份上，我就再原谅你这一回吧！不过，下回你要是再迟到，我可不会原谅你了哦！你也别指望能像今天这样用一束鲜花就能搞定我。"

"哈哈，知道知道，下次约会我一定准时，不会再迟到了。"

然而，欧阳小枝却对他的话仍然是一种不信任的态度，便带着调侃的语气轻声说道："但愿如此吧！"

为了能缓和一下气氛，不让她再为自己总是迟到一事继续纠结，叶肖便转移了一下话题对欧阳小枝说："好啦！小枝，我们还是去海洋公园玩会儿吧！既然人都来了票也买了，就一块儿玩玩这儿的游乐设施，把不开心的事全都忘记吧！"

"嗯！那咱们就一块儿走吧！"

第二章　小枝的父亲遇刺

　　紧接着，两人便一块儿在海洋公园尽情地游玩，他们时而玩过山车，时而玩旋转木马，时而观看一些海洋生物，时而用手机互相给对方拍照留作纪念，整个过程充满着浪漫和愉悦。

　　然而就在这个时候，他们俩在拍照的过程中忽然听见有两个男子正在他们不远处争执，其中一个身穿红色外套的中年男士正在向另一个身穿蓝色外套的中年男士怒斥道："你偷了我的钱包快把钱包还给我。"

　　而那个身穿蓝色外套的中年男士则拒不承认。

　　"你吖少在这儿血口喷人，是你自己不小心把钱包弄丢的却赖在我身上，你可别冤枉好人啊。"

　　"我冤枉你？刚才你没有从我身边经过的时候我的钱包都还在，你一经过以后我的钱包就没了，哪有这么巧的事呀！不是你偷的会是谁偷的？"

　　"你不要在这里胡言乱语好不好，你这样是属于诽谤，我可以告你的。你若是硬要说我偷了你的钱包，得找出证据才可以，你有证据吗？"

　　"虽然我没证据，但我肯定钱包是你偷的，有种你就把你身上的背包打开，证明你是清白的，你敢吗？"

　　"你的钱包又不是我偷的，我凭什么要向你证明清白，你这是侮辱人，你知道吗？"

"我侮辱你？呵呵，若想人不知除非己莫为，你有没有偷钱包你证明一下就是了，如果你若是真的没偷我就向你道歉。"

当两人在争执到这儿时，声音变得越来越洪亮，不一会儿便把周围的游客全都吸引过来了。

"反正我没偷你的钱包，你爱信不信，你要冤枉我也没办法，我也懒得跟你解释。"

说完之后，那个穿蓝色外套的中年人正要离开，但却被那个穿红色外套的中年人拽住手臂不放。

"你如果不把钱包还给我你就别想走，如果你没有偷我的钱包，又为什么不肯证明你的清白，为什么要这么急匆匆地走呢！"

那个被拽住手臂的蓝外套中年人见到红外套中年人对自己动手动脚的，心里头一下子就来气了。

"把你的脏手给我拿开，不然别怪我不客气。"

"要我拿开也可以，除非把钱包还给我。"

"我看你是不想活了吧！再这样无理取闹我可要动手了。"

"你想打架是吧！那我就和你奉陪到底。"

当那个穿蓝色外套的中年人正举起拳头想要照着穿红色外套的中年人脸上砸去时，他那挥动拳头的手腕一下子就被此时的叶肖给捏住了，然而奇怪的是，那个穿蓝色外套的中年人手腕被叶肖捏住以后，竟然完全不能动弹。

"你们刚才的吵架声让我给听到了，这儿是公共场所，你们两个都需要冷静下来，最好不要打架。"

穿蓝色外套的中年人这时便转过头，向叶肖问道："你是谁？"

叶肖这时候便放开了他的手臂说道："你先不要管我是谁，我只是来劝架的，不是来给你们找麻烦的，不过你们两个最好是不要在我面前动武，有什么事可以慢慢说。"

那个身穿蓝色外套的中年人因为刚才手腕被叶肖这么一捏，便很快就意识到眼前的这个年轻人肯定是个练家子，不好惹，所以便只好老实巴交地不作声。

叶肖这时转过头面对着那个穿红色外套的中年人问道："你刚才说他偷了你的钱包对吧！那我想问问你，钱包里头有什么钞票，里头装着什么？"

穿红色外套的中年人于是回答说："里头有我的身份证，建行的银行卡，还有五张一百元的钞票和六张十元的钞票，两张二十元的钞票，钱包里头还有硬币。"

"哦！我知道了。"

叶肖微微点了点头，然后这样说道，紧接着他转过身面对着那个穿蓝色外套的中年人并问道："你口口声声说你没有偷人家的钱包，而你又坚持不肯把你的背包打开证明你的清白，而人家刚才又说得那么准确，这就很难让人相信你是清白的呀！"

穿蓝色外套的中年人听到叶肖这么一说，便很快就来气了，于是提高嗓音带着十分愤怒的语气说道："你这话是什么意思！他说的那么准确难道就一定是我偷的吗？说不定是他不小心掉的，然后又偏偏赖在我身上。"

"哦！是吗？那为什么他刚才说你一经过他身边，他的钱包就不见了呢？"

"这个……这个……"

叶肖的话让那个穿蓝色外套的中年人顿时变得哑口无言，脸上也在不经意间露出一丝紧张心虚的表情，这让叶肖心里头更加认定他确实偷了钱包。

叶肖见此时周边的游客已围得越来越多，他便故意大声对周围人说道："诸位看客，麻烦你们帮忙做个证，证明我眼前这位穿蓝色外套的大叔是清白的，刚才这位穿红衣服的大叔说他丢了钱包，而且又准确说出了钱包里的东西，但是这位穿蓝色衣服的大叔却坚持不肯把他的背包翻出来看看，你们大家会不会怀疑这位穿蓝衣服的大叔确实偷了穿红衣服大叔的钱包呢！"

叶肖的话音刚落，周围人便全都一下响应起来。

"会呀！当然会。"

"为了证明这位穿蓝色衣服大叔的清白，我们让他把背包内的钱包拿出来，看看有没有这位穿红色衣服大叔说的那些东西，好不好？"

"好！"

不一会儿，周围所有人便冲着那名穿蓝色外套的中年人大喊道："把背包翻出来。"

迫于周围人的压力，为了脱身的那名穿蓝色外套的中年人便只好把偷到的钱包拿了出来，还给了那名穿红色外套的中年人，无奈地说道："还给你，算我倒霉。"

说罢，便带着一脸羞愧的表情灰溜溜地跑了。

待人群散去后，那名穿红色外套的中年人立马向叶肖感谢道："谢谢，实在太感谢你了。"

"不用客气，不过你要好好保管一下你的钱包，要是下回再被人偷了，我可帮不了你了。"

"谢谢，谢谢。"

叶肖和欧阳小枝两人走到下一个景点时，便看见一名穿着蓝色衣服的老人正躺在地上，拉扯着一名穿着粉红色衣服的小姑娘的手，不让她离开，嘴里还一边说道："哎哟！痛死我了，你把我撞倒 你得陪我医药费，不然就不让你走。"

那名穿着粉红色衣服的小姑娘被那老人这么一闹，急着快要哭了起来，她一边哭一边说道："刚才明明是你躺在地上的，我正要把你扶起来，你却拉着我的手不放，还想讹我的钱，天底下有你这样无赖的老人吗？你快把我放开，不然我就喊人了。"

"小姑娘呀！你可不要血口喷人啊！明明是你把我撞倒的，你陪医药费理所当然，你怎么能说我讹你呢！你要是不赔医药费，你就别想走。"

而周围一行人因为搞不清楚谁对谁错，所以只能站在一旁呆呆地看着，叶肖见到这一情况后，连忙走上前去，问倒在地上的老人道："老人家你好，我能问你一个问题吗？你说人家小姑娘把你撞倒了，那你现在还能站起来吗？"

老人则故意装作一副很难受的样子回答说："我的脚本身就受了伤，被她这么一撞呀！旧伤便又发作了，难受呀！"

"那这样吧！我打120叫一辆救护车过来，你别为难这位小姑娘了，行不行？"

没想到老人听到这话后，口气立马就变了，于是说道："其实并没有那么严重，没必要叫救护车，但是她刚才撞倒我，就得赔钱。"

"哦！这样呀！既然你说你的脚受了伤，那我就试一试你是真伤还是假伤。"

说完，他露出一丝诡异的微笑，然后从地上搬起一块石头正要往老人的腿上砸去，老人见状便连忙放开那小姑娘，然后灵活地站起身躲过了这一击，这下让所有人全都明白了。

直到那个老人灰溜溜地逃走后，叶肖便笑着说："哈哈，是真伤还是假伤一试便知。"

而周围人此时此刻也传来了一阵议论的声音。

"这老人真是不要脸呀！都一把年纪了还倚老卖老，讹一个小姑娘。"

"就是，真不知道害臊呀！"

这个时候，那名穿粉红色衣服的小姑娘走到叶肖面前感谢道："哥哥，谢谢你。"

"小妹妹，不用客气，你帮助别人的行为是值得赞美的，但是得看看帮助的是什么人。"

"知道了，哥哥，我该走了。"

"嗯！去吧！"

等到那小姑娘走了以后，欧阳小枝便笑着对叶肖说："你呀！还是那么爱打抱不平，见着别人有麻烦就忍不住伸出援助之手，这两年来一直都是这样爱管闲事，真是一点儿也没有变。"

叶肖则微微一笑说道："哈哈哈，那当然，我是一名警察，保护人民是我的天职，而且我的个性就是如此嘛！你当初看上我，愿意跟我在一起不就是因为这个吗？"

"是呀！我就喜欢像你这样有正义感、有担当、有责任感的男人，所以跟你在一起很有安全感。"

说罢，她便像一只温顺的小鹿似的，倚靠在叶肖的怀里。

这个时候，叶肖眼看着天色不早了，便向她问道："马上就要天黑了，晚饭想吃什么？"

"还是去吃西餐怎样？上次跟你去吃的那家西餐厅不错，我还想去那儿吃一次。"

"好的，没问题。"

与此同时，在欧阳小枝的家中，正闯进来一个蒙着面部的黑衣人，正在用枪指着她的父亲欧阳少坤。

"你是谁？究竟想要干什么？"

这位名叫欧阳少坤的人今年五十七岁，带着一副近视眼镜，头发花白，满脸皱纹，看上去有些苍老，穿着一件白色的衬衫和黑色的西裤。

他是考古界研究楼兰古城的著名教授，他的父亲也就是欧阳小枝的祖父欧阳林是著名考古学教授彭军的学生，曾随彭军去新疆罗布泊进行实地考察，后来因为彭军的失踪而感到内疚回到了家乡，并发誓终生都不再寻找楼兰古城。

此时的欧阳少坤正坐在他书房内的沙发上，正一脸惊恐地看着用枪指着他的那个黑衣蒙面人。

而那个黑衣人则一边用枪指着他一边语气缓慢地说道："你就是欧阳教授吧！昨天是你弄伤了我的白肩雕吗？"

黑衣人的声音是个男性的声音，由此可见这家伙应该是个男的，听那黑衣人这么一说，欧阳少坤瞬间明白眼前这个人肯定与楼兰古墓宝藏的秘密有关。

"你昨天之所以放白肩雕来我家想必就是冲着双鱼玉佩来的吧！如果我没猜错的话，你来这儿的目的就是为了楼兰古墓的宝藏。"

那个黑衣人在听到这话后，便放下他手中的枪说道："你果然是个明白人，居然这么快就知道我来这儿的目的，我的这只白肩雕是在罗布泊那儿驯养的，它整日整夜盘旋在楼兰古城遗址的上空，所以它能感应到双鱼玉佩的准确位置。"

"所以你就施法，让那只白肩雕来我家踩点是吧！接着就找到这里来了。"

当欧阳少坤把话说到这儿时，他的脑海里不由得想起日本神道教中有个法术名叫阴阳术，里头有一种能把人类的意念移植在任何一种动物的身上，再用动物的感知能力寻找施法者想要找到的东西。

黑衣人见自己的身份已被拆穿，便决定不再隐瞒。

　　"没错，我就是当年发现《李柏文书》的日本人宫本超的后代，我叫宫本俊，当年我的高祖父宫本超来到罗布泊这儿考察时，无意间并发现了这本记载有关楼兰的《李柏文书》，这个叫李柏的人在西晋灭亡后的五胡十六国前凉时期，担任过前凉的西域长史，他在担任西域长史期间曾经给楼兰国王写过一封信，里头除了提到要开发丝绸之路的内容以外，还提到有关楼兰古墓的宝藏。楼兰国自汉朝以来一直是丝绸之路上，中原王朝与西域之间往来贸易的一个重要枢纽，东西方的财富不断在这座城市里聚集，历代楼兰国王逝世以后都会把大量积攒下来的财富放在墓穴里陪葬，所以当时就有西域很多个国家都想着觊觎楼兰国王藏在墓室中的宝藏，只是因为楼兰受到中原历代王朝的保护，所以才使得那些西域国家都不敢轻易对楼兰国下手，而打开楼兰国王墓室的钥匙就是双鱼玉佩。"

　　听完宫本俊的叙述以后，欧阳少坤一脸惊讶而又疑惑地问道："你是怎么知道有关双鱼玉佩与楼兰古墓之间秘密的？《李柏文书》上好像没有提到过这个。"

　　宫本俊这时则冷笑了一阵，说道："你以为天底下除了你父亲还有彭军两个人知道双鱼玉佩的秘密，就没有其他人知道吗？我告诉你吧！我高祖父当年除了找到《李柏文书》以外，还找到了李柏个人私自记载的关于楼兰古国宝藏和双鱼玉佩的秘密，当年李柏在楼兰担任西域长史的时候和楼兰国王有着很深的交情，国王有意把他女儿许配给他，所以才将这个秘密告诉给他。"

　　听宫本俊这么一说，欧阳少坤不由得叹息道："当年我去新疆罗布泊那儿实地考察时，曾在高昌国故地那儿出土的一本《高昌国史》羊皮卷中，看到过的有关记载楼兰国宝藏和双鱼玉佩秘密，想不到在那儿之前你曾祖父就已经知道这个秘密了。"

当宫本俊听到欧阳少坤提前早已失踪了好多年的彭军时，便不由得冷笑道："呵呵，你想不到吧！我除了知道楼兰宝藏和双鱼玉佩的秘密以外，我还知道当年彭军失踪的秘密，这个秘密和你父亲有很大的关系，若不是因为你父亲当年的贪念，彭军就不会失踪了。"

"你说得没错，彭军的失踪确实与我父亲有关，当年我父亲无意间发现了有关楼兰宝藏的秘密位置之后便把这一消息告诉给他的老师彭军，彭军在得知了这一消息之后就决定挖开楼兰古墓，把古墓内所有的陪葬品全都挖掘出来，这样有利于国家对楼兰古国的研究，可是我父亲却不同意他这么做，因为《高昌国史》羊皮卷中记载着这样一句话，凡是想要挖开楼兰古墓定会受到诅咒，被诅咒之人将会神志不清胡言乱语而后在大漠之中不断奔跑直至精疲力竭而死，除非是楼兰国王室之人才能打开墓穴，但是彭军却偏偏不信这个邪坚持要去挖掘，于是趁我父亲还有其他所有考察人员没注意，当天晚上他就拿走双鱼玉佩和地图，留下了那张'我往东去找水井'的假字条后，便独自一人去寻找楼兰宝藏去了，其实他那天并不是去找水井而是去找楼兰古墓，这个秘密可能就只有我父亲一个人知道，没想到彭军后来失踪了，为了这件事我父亲一直内疚不已，后悔把发现楼兰宝藏入口的秘密位置告诉了他，就决定再也不去寻找楼兰古墓。"

然而，欧阳少坤的解释却没有让宫本俊对他父亲当年欺骗彭军的行为不再怀疑，他带着嘲讽的语气冷笑着对欧阳少坤说："呵呵，你说得好听，我看彭军当年肯定是让你父亲杀死的吧！因为只要除掉彭军，那么知道楼兰宝藏秘密的不就只有你父亲一个人了吗？哈哈，你父亲实在是用心非常险恶呀！"

听到宫本俊这样一说，欧阳少坤不由得加重语气，情绪激动地争辩道："不，我父亲绝对不是你说的那样的人，彭军是他老师，他怎么可能会做这样的事，如果他真的是想独吞那笔宝藏的话，他就不会因为彭军的事内疚一辈子。"

可是，宫本俊仍对他说过的话不大相信，便带着怀疑的态度反问了一句："哦！正所谓人心隔肚皮，知人知面不知心，如果真的是你说的那样子的话，那为什么双鱼玉佩还在你手里，你不是说那块玉佩让彭军给拿去了吗？肯定是你父亲自己想要得到宝藏，并且谋害了彭军制造他失踪的假象，你才跟我编造了这样动听的谎言。"

宫本俊的这句话让欧阳少坤感到十分气愤，他猛然间情绪激动地站起身用力拍打着面前的办公桌，怒吼道："你胡说！我不许你这样污蔑我父亲，如果他当年想独吞这笔宝藏，就不会把这个消息告诉给彭军，当年的彭军的确拿走了双鱼玉佩，他的失踪虽然跟我父亲有关，但绝对不是被我父亲谋害的，说任何话要讲究证据，没有证据那就是污蔑。"

见到欧阳少坤突然间发这么大的脾气，宫本俊便对他刚才那一脸轻视嘲讽和那傲慢无礼的态度有所收敛，因为他还要通过欧阳少坤的口知道一件对他来说更为重要的事，便声音低沉态度温和地说："好吧！我为我刚才的言行感到抱歉，既然你父亲没有谋害彭军那就是没有吧！我也相信你父亲不会这么做，但是双鱼玉佩为什么会在你手上，你能解释一下吗？你刚才说当年彭军拿走了双鱼玉佩，但是双鱼玉佩又在你手上，这让人很难相信你父亲是清白的。"

"这个要从我女儿的身世说起，我……"

当欧阳少坤说到一半时，便闭上了嘴巴，很快便意识到他不应该把不该说的话说出来，也意识到宫本俊想套他的话这一目的。

见到他说到一半就不说了，急于想从欧阳少坤口中知道答案的宫本俊一下就急了，于是连忙催促道："你女儿怎么啦？为什么不说了呢！"

已经知道他想干什么的欧阳少坤这时怒吼着对宫本俊说："你这个小日本鬼子，别以为我不知道你想干什么，你想从我口中套出有关双鱼玉佩的秘密，我就偏偏不告诉你，你这么想要得到双鱼玉佩到底是什么目的？到底有什么居心？"

听到欧阳少坤这么一说，宫本俊终于原形毕露了，他举起手中的无声手枪指对着欧阳少坤的胸口，用那阴沉而又冰冷的声音说道："你想知道是吗？告诉你无妨，因为这是我曾祖父的心愿，我曾祖父在看过李柏的私人日记时，特别想见识一下楼兰古墓内的宝藏，他想把楼兰古墓内宝藏的精美文物带回日本，让我们日本人民乃至世界人民都能够深入了解楼兰这个遥远而又灿烂辉煌的神秘古国，如果我们能够合作，共同发掘楼兰宝藏，让楼兰国的文明被世界上更多人知道，世界人民将会永远感激记住我们，到那时你欧阳少坤和我必定能名扬世界，成为对世界有贡献的伟人，这样何乐而不为呢？"

心存爱国之心，没有让钱财蒙蔽双眼，有骨气的欧阳少坤立马断然拒绝道："你做梦，就算你给我一座金山，我也不会让我们中国人的文物落入到你们日本人手中，过去我们国家积贫积弱实力不济，才让你们这些外国人随随便便就能偷走我们中国的文物，可是现在不行了，我欧阳少坤也不想做倒卖国家文物的历史罪人，就算我爸爸在世他也不会这么做，而他的老师彭军也绝对不会这么做，我是绝对不会把双鱼玉佩交给你的！"

见到欧阳少坤坚持不肯合作，宫本俊便露出他那张狰狞的面孔威胁道："看来你是敬酒不吃吃罚酒了，你若是不把双鱼玉佩交给我的话，你就看不到明天的太阳，如果这样你也不肯说的话，那我可要对你女儿下手了。"

然而，让宫本俊没有想到的是，欧阳少坤不仅仍旧没有妥协，反而在情急之下说了一句让他感到尤为震惊的话。

"你如果想知道双鱼玉佩的秘密，我劝你最好还是不要伤害我女儿，不然你就永远也别想得到楼兰宝藏，如果没有她，那么楼兰古墓宝藏的秘密就会永远埋葬在沙尘底下。"

说完这话后，欧阳少坤趁宫本俊没注意将桌子上的一本书砸在他脸上，然后飞奔到窗子前，打开窗户呼救道："救命呀！杀人啦！有人要杀我，有人要杀我！"

宫本俊见到这一情景之后，连忙朝他大声喊道："喂！别喊了，别喊了。"

可是，欧阳少坤却依旧在往窗子外面呼救，见到他不肯听自己的，宫本俊情急之下便朝他背后开了一枪，只听见砰的一声，欧阳少坤便倒在了血泊之中。

宫本俊见欧阳少坤此时已经倒下不再动弹，为了确认他是否死亡，他便凑上前去用手搭了一下他的脉搏，感受了一下他鼻子的呼吸，发现欧阳少坤的气息非常微弱，几乎奄奄一息，这让此刻的他彻底放松了警惕。

"哈哈哈，再过几秒钟你就要上天堂了，我看你是活不了多久了，你就在这儿慢慢等死吧！"

说完这话后，为了不被听到呼救声的那些人发现自己，宫本俊很快便趁着夜色悄无声息地离开了。

第三章　欧阳小枝的身世

此时，叶肖和欧阳小枝两人吃完晚饭，便离开饭店，离开饭店以后就在一处靠近湖边的街道旁散步，边交谈边憧憬着属于他们俩的美好未来。

"叶肖呀！咱们两个认识了快两年了，对吧！在这两年的时间里，我越发觉得我已经离不开你了，因为只有你才能够包容我理解我，只有你才会在我最需要你的时候出现，我很爱你，真的很爱你，尽管你身上也有很多令我不满意的地方，但是我并不在乎，我爱的是你的品质，你的为人，现在我和你都已经有能力挣钱养活自己，更有能力组建一个小家庭，不如我们结婚吧！好吗？"

听完欧阳小枝的话后，叶肖一把将她揽在怀中，此时的他心里头也有了结婚的打算，于是回应道："好吧！那我们就选一个好日子结婚吧！不过，你跟我结婚得要有思想准备呀！我身为一个人民警察，维持治安、捍卫正义是我的职责，我有的时候会为了一个案子几天几夜不回家，遇到危险的时候很有可能会殉职丢命，你真的愿意和我结婚吗？"

倒在叶肖怀里的欧阳小枝早就渴望和叶肖能有一个圆满的婚姻，她态度很认真、意志很坚定地回答说："我愿意，你身为一名警察，你有你的使命，要保卫每一位公民的人身安全，这个我会永远支持你、理解你，你不在家的时候我会好好为你守着这个家，每天为你祈福，保佑你平平安安，等着你回来。"

听到欧阳小枝说的这话后，叶肖心里头充满着无比的感动，也充满着无比的感激，他非常感激欧阳小枝能够站在他的角度设身处地为他着想，感动的是她明明知道自己的这份职业充满着殉职的风险但却仍然愿意和他在一起，在不知不觉间他把欧阳小枝搂得更紧了。

"小枝呀！能够娶到你这样的好妻子，可是我叶肖这辈子修来的福分，我想永远和你在一起，即便将来遇到多大的危险、多大的困难，我都一定会活着回来见你的。"

欧阳小枝听到这儿，便不由得想起他们俩成家以后的事。

"等我们结婚以后有了孩子，我一定会在家相夫教子，你在外头拼命挣钱养家糊口，我就在家洗衣做饭，每天送孩子上学放学，给孩子做饭辅导孩子功课。"

听到她提起孩子，叶肖便说出了他对于孩子将来的期望。

"如果将来我们有了孩子，我绝不会让他做警察这样危险的工作，我会让他读最好的学校、受最好的教育，将来成为一个有出息的人。"

欧阳小枝这时面带微笑地问了叶肖一句："那如果将来我们有了孩子，你希望生男孩还是生女孩？"

叶肖这时则回答说："生男孩也好生女孩也罢，我都喜欢，他们都是我叶肖的心肝宝贝，不过有一男一女那就最好不过了。"

"那我先给你生个女孩，然后再给你生个男孩，反正我们国家的生育制度放开了。"

"哈哈，这样最好。"

然而就在这时，叶肖的手机忽然之间响了起来，于是他拿出手机一看，原来是他的一个名叫王浩的同事打来的，当他接通电话的时候，只听见电话另一头的王浩正急匆匆地对他说："叶肖，你女朋友的爸爸欧阳教授出事了。"

当叶肖听到这话后，心头顿时一怔，很快就意识到大事不妙，急忙向电话另一头的王浩问道："你说什么？欧阳教授出什么事了？"

"他的胸部中弹，被人袭击，现在正在仁心医院这儿抢救，你快叫你女朋友过去看看吧！"

几个小时过去，在仁心医院的抢救室内，欧阳少坤的遗体被医生从抢救室内抬了出来，在知道这一情况后的欧阳小枝瞬间崩溃了，一时半会儿接受不了这个残酷的现实，只见她正在用双手捂着自己的脸，情绪变得有些激动，伤心与悲痛似乎充斥着她的内心。

她多么希望父亲能够一下子从病床上站起来，但是残酷的现实却再一次将她心中的幻想与希望无情击碎，既然事情已经发生了，就没有任何回旋的余地。

这个时候，抢救室的主治医师向她安慰道："欧阳小姐，我们已经尽了最大的努力想要拯救你父亲的生命，但是你父亲被枪击中的是要害部位，我们已经尽力了，对于你父亲的死我们深表遗憾，人死不能复生，你还是节哀顺变吧！"

叶肖也在这时向她安慰道："小枝，既然事情已经发生了，想改变也改变不了，那就慢慢学会接受现实吧！你一定要懂得节哀，一定要振作一点，既然你父亲是被人枪杀的，我们一定要把凶手找到为他报仇，以慰你父亲的在天之灵。"

听完叶肖的这话后，欧阳小枝终于忍不住内心深处那悲痛伤心与绝望的情绪，扑倒在叶肖的怀里放声大哭了起来，在哭过一会儿之后便说道："叶肖，你一定要把凶手找出来，给我爸爸报仇，一定要将他绳之以法。"

叶肖这时则微微点了点头，语气坚定地回答说："你放心，我一定会的，我叶肖如果不把这可恶的凶手揪出来，我宁可这辈子不做警察。"

然而，当他说到这儿时，脑海中不由得想要去查看一下案发现场，于是急忙转过身对第一时间发现受了伤的欧阳少坤并把他送进医院抢救，又第一时间打电话告诉叶肖的王浩说道："王浩，你快带我去一趟案发现场，我要在那儿找到凶手的蛛丝马迹。"

"好。"

而欧阳小枝这时，便想着要和叶肖一块儿去。

"叶肖，我跟你一起去，那儿是我的家，我也许能帮帮你。"

听欧阳小枝这么一说，叶肖便答应了。

"好吧！那就一块儿走吧！"

"嗯！"

叶肖和王浩还有欧阳小枝三人一块儿来到了案发现场，此时的案发现场已被警察全面封锁，而那些警察也没有在案发现场内留下任何其他的痕迹，这对于叶肖来说无疑给了他一个破案的最佳条件。

当他来到欧阳少坤的书房时，便习惯性地在那儿寻找了一阵子，想要找到凶手遗留下来的痕迹，但却找了半天也找不到，甚至连个脚印也没有，在见到这一情况后他不由得自言自语道："奇怪呀！凶手闯入欧阳教授的家中行凶，怎么可能连个脚印也没留下？我还是第一次见过这样的情况。"

听到这话时，王浩便说道："不仅没有脚印，连指纹也没有留下。"

"你说什么？"

王浩的话让叶肖感到有些诧异，于是心头一怔，一脸惊讶地这样问道。

见到叶肖这样一脸惊讶地看着自己，王浩于是点了点头十分肯定地回答说："是真的，我们封锁案发现场的时候，在这儿整体查看了一下，确实没有发现凶手的指纹。"

"没有指纹也没有脚印，难道见鬼了？凶手是个幽灵？"

叶肖在心里头默默地这样说着，但是他肯定不相信作案的凶手真的是个鬼魂，可是出现这种他以前从未见过的情况，他自己都不知道应该做何解释。

这个时候，他便看了看书桌下垫着的一块儿地毯，发现地毯的边沿处有一大片红色的血液，便禁不住感叹道："居然流了这么大片血液，看来死者生前肯定受了很大的伤呀！"

紧接着，他又看见书桌上和凳子上也有一摊血液，还在书桌上发现了一支用过的钢笔，于是他把钢笔拿在手上认真仔细地瞧了瞧，发现这支钢笔上也残留着死者的血液，于是他一边分析一边猜测地说道："死者肯定在凶手行凶杀人离开以后用笔写下一样东西，他或许想要在临死之前告诉我们谁是凶手，也许他把他写下的东西就藏在某处。"

没想到就在这个时候，不懂得破案常识的欧阳小枝突然觉得地毯被血迹弄脏了，想着要把地毯拿走。

"这地毯是我爸生前最心爱的地毯，现在我爸死了我得把它拿去烧给我爸。"

还没有等叶肖来得及提醒，她便把地毯给卷起来，当她刚刚开始卷到一半时竟然无意中发现地毯下面有一个纸条，于是她把那纸条捡了起来，然后打开一看，发现是她父亲留给她的一封信。

"这儿怎么有一封信，是我爸写的。"

听到这话时，叶肖很快便意识到这封信肯定就是死者临死前写的那张纸条，于是便对欧阳小枝说："这可能就是你爸留给我们的线索，你把上面写的东西念一念。"

"哦！好的。"

于是，欧阳小枝便把那封信仔细地念了一遍。

"小枝，当你看完这封信后，爸爸恐怕已经不在人世了，因为爸爸现在已经受了很严重的枪伤，已经活不了多长时间了。那个开枪打伤你爸爸的凶手是宫本俊，他就是当年在我们中国楼兰古城遗址发现《李柏文书》的日本人宫本超的后人，他因为知道了有关双鱼玉佩的秘密，想要得到双鱼玉佩后打开楼兰古墓，然后掠夺我们中国的文物和宝藏，爸爸因为不肯交出双鱼玉佩所以才被他给打伤，这个人精通日本神道教中的阴阳术，这阴阳术里头有一种能把人类的意念移植在任何一种动物的身上，再用动物的感知能力寻找施法者想要找到的东西，所以他收养了一只飞翔在罗布泊上空的白肩雕。这种白肩雕是在罗布泊那儿驯养的，它整日整夜盘旋在楼兰古城遗址的上空，它能感应到双鱼玉佩的准确位置，所以他才找到了我们家，但是他并不知道双鱼玉佩的所在位置，因为那双鱼玉佩一直被我藏在你妈妈那张遗像里面。另外，我还有一个秘密想要告诉你，这个秘密是关于你身世的秘密，你其实不是我亲生女儿，我也不知道你究竟是谁的孩子，你是我当年寻着你爷爷的脚步前去罗布泊考察寻找有关楼兰古墓入口时收养的一个当地的婴儿，那块双鱼玉佩从我收养你的那时候起，就一直被你戴在身上，是一位不知名的神秘人把你亲手交给我抚养的，并且还告诉我只有你长大以后才能控制双鱼玉佩解除诅咒打开楼兰古墓之门，所以爸爸才答应他要把你抚养成人，本来我打算晚一点再告诉你这个秘密，但是如果爸爸现在不告诉你，就真的已经晚了。爸爸虽然告诉了你的真实身份，但是很遗憾没能告诉你，你的亲生父母是谁，因为爸爸还有你死去的妈妈都不知道，但是我们从决定收养你的那天起，就一直把你当成是我们的亲生闺女一样疼爱，你如果想要弄清楚你的真实身份，你可以去新疆去罗布泊楼兰遗迹那里，也许能够在那儿碰到知道你身世的人，只可惜爸爸现在就要永远地离开你了，但愿来世我们父女俩能再续前缘，你能做我的亲生女儿。"

读完这封信后，欧阳小枝不由得想起从前和父亲相处时的一点一滴，以及和那早已去世的母亲，不禁潸然泪下。

尽管他们不是自己的亲生父母，但是他们对待自己就好比对待亲生女儿那样疼爱有加，无微不至，以至在没有得知自己的真实身世以前，她就一直深信不疑地以为欧阳教授以及他夫人就是她的亲生父母。

想到这两位与自己朝夕相伴给了她家庭给了她幸福给了她关爱给了她一切的人，如今却永远的与自己阴阳相隔，欧阳小枝的心顿时又陷入了痛苦与绝望之中，但是在绝望之余，她心中又多了一个疑问，那就是自己的亲生父母到底是谁？

此时的叶肖得知欧阳少坤在弥留之际写的那封信之后，便找到了很多有关凶手身份的直接线索，他的脑海里此刻正不断地闪现出很多个词。

"日本神道教阴阳术？白肩雕？双鱼玉佩？楼兰古墓？"

当他说到白肩雕时，脑海里不由得回忆起今天在好友孙子楚那儿化验枫叶上的血液的事，便推测道："莫非那只受伤的白肩雕和凶手有关？是凶手放出那只白肩雕出来在欧阳教授家这儿踩点，然后让欧阳教授弄伤的吗？"

分析过一阵子之后他便有了主意，于是便把王浩叫到了一边，对他吩咐道："王浩，你现在在电脑里查一查南华市内一个名叫宫本俊的日本人，另外在所有南华市中居住的日本人家里头挨家挨户地寻找一只受伤的白肩雕，快去！"

对于叶肖的吩咐，王浩从来就没有任何的犹豫和怀疑，因为他心里头对叶肖的办案能力有着足够的信任，所以无论叶肖让他做什么事他都认为是对的，哪怕是最离谱的事他也认为让他这么做自然有他的道理。

"是，我现在就让档案室的同事去查一查，另外通知办案科的同事去寻找受伤的白肩雕。"

说完之后，他便头也不回地离开了，等到王浩离开以后，叶肖便转过身对欧阳小枝安慰道："小枝，既然你的父亲已经在信中告诉过我们凶手的身份了，这样对于破案来说就变得容易一些，你放心我一定会把那个叫宫本俊的家伙绳之以法，让他接受法律的制裁。"

然而，欧阳小枝此时却更想弄清楚她自己的真实身份。

"那个可恶的凶手你一定要把他逮住，不然就太对不起我义父了，不过等你把宫本俊那家伙送到牢里去了之后，你能不能和我一块儿去一趟新疆，我很想知道我的亲生父母到底是谁。"

叶肖点了点头，答应了欧阳小枝的要求。

"好，我答应你，等办完这案子以后我就和你一起去新疆寻找你的亲生父母。"

第四章　神秘的方先生

当叶肖说完这话后，便不由得想起欧阳少坤在那封信中提到的双鱼玉佩的确切位置，于是便对欧阳小枝说："小枝，你爸说他把双鱼玉佩藏在你母亲的遗像里面，你能否把那双鱼玉佩给拿出来，这或许是你能找到你亲生父母的线索，你要时时刻刻把它戴在身上。"

而此时的欧阳小枝在看完义父写的那封信的最后末尾处，提到他收养自己的时候那块双鱼玉佩就一直在自己身上，或许这块玉佩真的和她的身世有关，于是她二话不说地走到义母遗像前满怀歉意地说道："妈妈，对不起，我现在已经知道了自己的身世，知道自己其实不是您的女儿，多谢您这么多年帮我保管我身上的这样东西，但是今天我要把它拿出来好找寻我的亲生父母，希望您的在天之灵能够保佑我揭开自己的身世。"

说到这儿，欧阳小枝便给她义母磕了三个响头，而后将义母的遗像给拿了下来，等到她拆开遗像后，发现这遗像后面真的有一块玉佩，只见这玉佩的形状是两只连在一起的鱼，上面还有一根专门用来挂在脖子上的红绳，除了双鱼玉佩外还有一张手绘的图纸，图纸上写着楼兰古墓入口所在地。

看到这儿时，叶肖便一下子明白过来了，于是说道："这一定就是欧阳教授的父亲欧阳林当年所绘的地图，如果我没猜错的话这地图肯定是他凭着自己的记忆后来绘制的，因为先前那张地图被他老师彭军给拿走了。"

但是有一件事，却仍旧令他百思不得其解。

"不过，这双鱼玉佩又是怎么会在你身上的呢？你义父不是说当年双鱼玉佩也让彭军给带走假借寻找水井的名义去寻找楼兰古墓吗？难道他说谎话？双鱼玉佩一直在他身上？"

听到叶肖这么一说，欧阳小枝连忙情绪激动地否定道："不，我义父不是那样的人，我从小到大都没见他说过半句谎话，他说玉佩当年让我爷爷的老师彭军给拿走了，就一定是被拿走的。"

见到欧阳小枝说这话时的语气是如此激动，对她义父的为人又如此肯定，叶肖便打心眼儿底相信了她。

"嗯！我相信你义父是绝对不会说谎骗你的，既然玉佩当年被彭军给拿走了，那又是怎样落到那个神秘人手中的呢！而那个神秘人又究竟是谁？他委托欧阳教授把你抚养成人以后解除楼兰古墓的诅咒，打开古墓之门究竟有什么目的？"

这个时候，欧阳小枝便说道："不管他是出于什么目的，我想他应该知道我的真实身份，知道我的父母是谁。所以我一定要找到他，但是义父的仇不能不报，当务之急是要把那个叫宫本俊的日本人给找出来，让他血债血偿，偿还我义父的命。"

"嗯！说得没错，欧阳教授绝不可以白死，既然宫本俊知道双鱼玉佩的秘密，他应该清楚你的身世，不过这双鱼玉佩你要时时刻刻保管好，因为它关系到你的身世和你的秘密，千万不可以把它弄丢了。"

"嗯，我知道的。"

到了当天晚上九点钟左右，查到有关宫本俊资料的王浩将叶肖和欧阳小枝叫到了警察局档案室，可是在档案室的电脑却没有找到宫本俊这个日本人。

"叶肖，你要我查清楚这个城市里的所有日本人我已经系统查了一遍，没有发现这个城市有个叫宫本俊的，目前在整个南华市比较有名气的是一位名叫中村正雄而且非常有钱，他是一家生产服装材质的日企公司的老板，没有任何宗教信仰。"

得知这一消息后的叶肖心里头不由得感到万分震惊，于是他说道："你说什么？没有一个叫宫本俊的日本人？这怎么可能？欧阳教授生前明明是说的这个名字，说他是当年发现《李柏文书》的日本人宫本超的后代，你再仔细找一找。"

而王浩接下来所说的下一句话更是让叶肖心头一怔，感到万分吃惊。

"这个我从日本警方那儿查过，日本确实有一个名叫宫本俊的，他确实是宫本超的后代，可是他多年前遭遇一场车祸去世了，而且从未到过中国。"

"你说什么？宫本俊早就死了？可是欧阳教授的确一口咬定凶手就是宫本俊，他不可能胡乱指认凶手呀！莫非是宫本俊的灵魂来到中国杀人？这样荒谬的故事根本就不可能发生。"

这一下，让这个凶杀案变得越来越棘手了，他坚信欧阳少坤肯定不会拿自己的生命开玩笑撒谎骗人，但是整个案件却偏偏又变得如此诡异扑朔迷离。

就连欧阳小枝也感到这个案件确实非常不可思议。

"这不可能，我义父明明在信里头说凶手就是宫本俊，而且我也认得他的字迹，他不可能把凶手认错的。"

听到欧阳小枝这么一说，王浩便猜测地说道："说不定是凶手当时故意说个死人的名字，好让你们查找的时候来个死无对证，查不出来呢！"

但是，叶肖却不那么认为，于是他摇了摇头说道："这不可能，欧阳教授既然清楚地知道凶手那么多事，还有他的动机和目的，那这个凶手肯定不是假的，很有可能凶手在告诉欧阳教授真相后杀他灭口，然后用他的假身份继续混迹在这城市内。"

听叶肖这么一分析，王浩也觉得他的分析似乎很有道理。

"嗯！听你这么一说，确实有这个可能，日本警方那儿说的宫本俊死亡的记录肯定也是假的，说明这个叫宫本俊的人神通广大，但是他没想到欧阳教授会趁他离开后写这么一张纸条提供这么多对他不利的线索。"

"没错，凶手肯定是宫本俊确认无疑，只不过他并不是日本警方资料上显示的那个人。"

"可是他究竟在哪里呢？他杀了人以后可能不会继续待在南华市这儿了。"

"嗯！我想也是的，可是无论他躲在哪儿，我都一定要把它揪出来绳之以法。"

就在这时，有一名警察前来报告道："报告叶队长，我们发现了一具白肩雕的尸体。"

听到报告后，叶肖心头一怔，脑海中不由得回想起今天上午他看到的一片枫叶上所残留的白肩雕的血渍，于是在心里头产生了一个疑问。

"这白肩雕会不会就是昨天上午飞到欧阳教授家里头，感应到双鱼玉佩的那只白肩雕呢？"

不一会儿，叶肖和欧阳小枝还有王浩以及其他几名刑侦大队成员们全都来到发现白肩雕尸体的现场，王浩对叶肖说："你要我去日本居民那儿搜查有没有受伤的白肩雕，结果一个同事却发现了这只死的，并没有发现受伤的。"

叶肖定睛一看，只见那只白肩雕的身上全是鲜血，爪子上留有残存的枫叶屑，这让叶肖更加坚信眼前这只白肩雕就是他让孙子楚验证血液时所说的那只白肩雕。

"果然是这只。"

叶肖说完这话后，便戴上了专门用来接触尸体的手套，小心翼翼地翻动着白肩雕的尸体，果然看见它身上有一处看似被锐器割伤的伤口，而这伤口正是导致它死亡的原因。

看到这一情况后，他的脑海里不由得回想起欧阳教授在信中提到的日本神道教中的阴阳术，这阴阳术中有一种能把人类的意念移植在任何一种动物的身上，再用动物的感知能力寻找施法者想要找到的东西，于是他心中便有了一个主意。

"把这只白肩雕的尸体带回研究所好好保存，明天把它解剖一下看看它胃里头藏有什么东西，让化验师化验。"

虽然王浩对于叶肖所做的任何事都不曾怀疑过，但是这一次却对叶肖的这个举动有点儿丈二和尚摸不着头脑，不知道他葫芦里卖的是什么药。

"叶肖，你要解剖这只动物干啥呀！它跟这案子的嫌疑人有关吗？"

没想到叶肖笑着说："当然有关系，而且关系还大着呢！快去吧！"

此时的时间已经到了晚上十点钟，是时候该好好休息好好睡觉了，叶肖便对王浩和他的一些同事们说："时候不早了，大家现在都回去睡觉吧！明天接着审理此案。"

"是，队长。"

等到王浩等人全都离开后，叶肖忽然间向此时仍然站在他身旁的欧阳小枝请求道："小枝呀！你今晚能不能答应我一件事，我知道这事对你来说非常为难，但是只有这样做我们才能抓到杀害你父亲的凶手。"

听完叶肖的话后，欧阳小枝便好奇地问道："是什么事？"

叶肖在她耳边低语了一阵子。

到了晚上睡觉休息的时候，欧阳小枝回到她义父家中就像什么事都没有发生过一样躺在她自己的卧室中睡觉，然而就在这个时候，一个黑衣蒙面人不知从什么时候偷偷摸进她的房间，欧阳小枝一下便惊醒了，当她想要大声喊出来的时候，却被那黑衣人给蒙住了嘴巴，只听见那黑衣人威胁道："别出声，再出声我就杀了你，现在乖乖跟我去见主人，我就保证你的生命安全，另外要把双鱼玉佩戴上，快！"

面对着黑衣人赤裸裸的威胁，为了保住性命的欧阳小枝只好乖乖地听从他的话，把双鱼玉佩给挂在脖子上跟着他一块儿离开了卧室，然而当他们俩刚刚离开卧室时，早已埋伏在那儿的叶肖一把拽住欧阳小枝的手臂将她拽到自己身边对那名黑衣人说道："宫本俊，你上当了，我是故意让欧阳小枝回到她义父这儿休息，因为知道你要对她下手所以才在这儿设下埋伏。"

没想到那黑衣人竟然矢口否认自己就是宫本俊。

"我不是宫本俊，我只是奉命行事。"

但是，叶肖根本就不相信他说的话。

"你说你不是宫本俊？别抵赖了，如果你不是宫本俊又为何要在欧阳教授的女儿身上打主意，又为什么要打双鱼玉佩的主意？你以为你当时真的杀死了欧阳教授吗？其实，欧阳教授在挨了你那一枪之后并没有死，他在临死之前留下一张纸条把一切真相全都写了出来，宫本俊，我今天要将你捉拿归案。"

听到叶肖这么一说，欧阳小枝此刻也认定眼前这个黑衣人就是她的杀父仇人宫本俊，便情绪激动地冲他怒吼道："宫本俊，今天我要为我义父报仇，让你偿命。"

没等那黑衣人反应过来时，叶肖便一下子闪电般朝他攻了过来，叶肖在警校学习的时候因为练就了一身扎实的格斗技术，在和那黑衣人交手的过程中显出一副很能打的样子，而那黑衣人用的则是日本的空手道功夫，招式和动作跟叶肖比起来差远了，不到十个回合就被叶肖给打趴下了。

等到他站起来后又与叶肖交上手时，不到三个回合便一下子被叶肖再次干趴下了，那黑衣人见自己实在打不过叶肖便只好逃走，但是叶肖肯定不会就这样轻易放他走的，因为这可能是他唯一一次成功逮到宫本俊的机会。

"想跑，没那么容易。"

紧接着，黑衣人便逃出门外，叶肖此时依旧在他后面穷追不舍，然而就在这个时候，一名戴着白色鸭舌帽身穿牛仔服的年轻人拦住了那黑衣人的去路，而后一个飞腿将那黑衣人踢倒在地，由此可见那戴着鸭舌帽的青年也是位高手。

等到黑衣人站起身之时，便被前后夹击拦住去路。

"宫本俊，你是逃不掉的。"

没想到那黑衣人此时却依然矢口否认自己是宫本俊。

"我说过，我不是宫本俊，我只不过是奉命行事。"

鸭舌帽青年这时将双手插入腋下逼问道："你是奉谁的命？快说！"

"我……"

还没等他开口，便被隐藏在不远处的一名狙击手给击中头部当场毙命。

"小心，有狙击手。"

叶肖、欧阳小枝和那名鸭舌帽青年此时则四处躲避着，害怕会成为狙击手的下一个目标，但是过了好一阵子之后就没有再听见任何枪声，看来狙击手已经离开了。

这个时候，三个人才敢慢慢探出头来直到走近那名黑衣人尸体旁边，等到叶肖扯下他头上的黑布一看，发现他果然不是宫本俊。

"看来他说的是真的，他确实不是宫本俊的样子。"

那名头戴鸭舌帽的青年这时也说道："宫本俊才不会那么容易死呢！这位一定是他的属下，日本那儿提供的宫本俊已经死亡的消息是假的，你们可千万不要相信。"

此时的叶肖看了看那名头戴鸭舌帽的青年，不由得一脸疑惑地问道："请问你是谁？为什么要帮我？"

戴鸭舌帽的青年很客气而又和善地自我介绍道："哦！忘了介绍了，我叫陈国强，是方先生的手下，方先生因为早就料到宫本俊会派人来挟持欧阳小姐，就特地要我来这儿守候着。"

"方先生？"

叶肖听到这三个字的时候，心里头不由得感到更加疑惑，陈国强便解释说："方先生和欧阳教授的父亲欧阳林是故交，今天你们在警察局那儿讨论关于欧阳教授的案子时，我们就已经知道有关双鱼玉佩还有欧阳小姐的事了，所以就派我来暗中保护欧阳小姐的安全，顺便协助你叶队长破案。"

说完之后，他便从口袋里掏出一张名片递给叶肖并对他说："这是我们方先生的名片，你们如果有需要就打这个电话，另外我还有事先走一步了。"

紧接着，陈国强便急匆匆地离开了，等到他离开以后，欧阳小枝此刻正一脸疑惑地自言自语道："方先生？他究竟是何方神圣？他说他和我爷爷欧阳林是故交？那义父应该知道这个人呀？可是义父生前却从未提起过他。"

叶肖便猜测地说道："可能是你义父忘记了吧！"

欧阳小枝便点了点头，将信将疑地说："也许吧！"

这时候的叶肖开始给王浩打了一个电话，当他打通电话后，电话另一头此时早已睡熟的王浩非常不耐烦打着哈欠说道："你这家伙这么晚还打电话，你还要不要人活了，说吧！什么事？"

　　于是叶肖说道："你现在快带人到欧阳教授家附近来一趟，这儿有个尸体需要处理，明天让法医过来仔细查看一下。"

第五章　发现一个可疑人

到了第二天天蒙蒙亮，欧阳小枝一大早就醒了，伸了一个懒腰之后便摸了摸戴在身上的双鱼玉佩，发现这东西幸好还在，只不过她脑海里仍旧有一个疑问，这个看似普普通通的双鱼玉佩到底有什么特别之处，戴在她身上又没有任何异样发生，它究竟和楼兰古墓有着怎样千丝万缕的联系呢！

就在她脑海里思索着这个问题的时候，叶肖走进她的卧室门口向她打招呼道："小枝，你起来了呀！我看你家冰箱里头有很多面包，还有鸡蛋培根燕麦和牛奶，就随手做了很多早点，不知道合不合你的胃口。"

过了一会儿，穿好衣服化妆之后的欧阳小枝便走到饭厅那儿，看着饭桌上那一桌丰盛的早餐，她心里头有种说不出的感动。

虽说跟叶肖在一起两年多的时间，她已经了解到他不管是在生活上还是在工作上都是一个认真细致而且比较严谨的人，但是却没想到他在做饭方面也是那样认真细致，这一桌丰盛而又美味的早餐便让此时的欧阳小枝看得出，他是花了很多心思的。

"来，小枝，快坐下，我还特意做了你最爱吃的蔬菜沙拉，你吃吃看，好不好吃。"

于是，欧阳小枝便夹了一筷子蔬菜沙拉放入口中品尝了一下，那吃在嘴里的美味顿时让她心里体会到了家庭幸福的滋味，也让此时的她心里拥有了对于家庭的渴望。

"嗯！真好吃。叶肖，谢谢你这么有心特意一大早为我做了这么丰盛而又美味的早餐，这让我忽然之间有了一种家的感觉。"

说到这儿时，她便情不自禁而又一脸激动地握着叶肖的手并很认真地对他说："叶肖，我好想和你拥有一个属于我们两人的家庭，等到这案子破了，凶手被捉到，我去罗布泊那儿找到我的父母查清我的身世以后，我们俩就结婚吧！好吗？"

叶肖微微点了点头回应道："好，我答应你。不过，这案子若是想要早点破，可不是一朝一夕的事，现在这个凶手相当狡猾，等这案子破了得需要花很长一段时间，但是你放心，不管再难的案子我都一定会想办法把它破了，一定会给你一个交代，也让你义父能够得到宽慰。"

"不管时间多长我都愿意等，如果这案子不破义父的仇不报，我也绝对不会安心，但是我真的好渴望能够拥有一个属于自己的家庭，你能答应我无论将来遇到多大的困难，只要这案子一破，我的身世一查清，我们就结婚好吗？"

"嗯！我答应你。"

叶肖说完，便坐在欧阳小枝座位的正对面，催促道："快吃吧！一会儿还要去警察局那儿查找证据呢！"

"嗯！"

欧阳小枝点了点头，便开始吃着今天叶肖做的早饭。

两人吃完早饭后，很快便来到警察局。而此时的王浩正在警察局内等候着他们，当他一见到叶肖时首先便开口抱怨道："叶肖呀！没想到你真够绝的，连觉都不让人好好睡，还让不让人活了？昨晚因为你突然打来的一个电话，让我一个晚上都不能够好好睡觉，你要我办的事我已经给你办了，今天你可不要再给我打电话啊！我说什么也要休息了。"

听他这么一说，叶肖便微微一笑说道："好，你放心吧！今天我是不会再找你的，另外给你放一天假，你就安安心心回去睡觉吧！"

王浩见叶肖这么爽快便答应放他假，便轻轻用手捶打了一下他的胳膊说道："哈哈，这才像个哥们儿嘛！看来你还不是我想象中的那样不近人情。"

这时候，叶肖便向他问起有关昨夜发现的那具尸体的事。

"昨天那具尸体你怎么处理的？"

"我派人拖到法医那儿去检验了，还把你的好哥们儿孙子楚也给请来了，他已经发现一点情况了，你快去吧！"

"好的，那你回去休息吧！"

当叶肖和欧阳小枝两人来到尸体检验科的大门入口那儿时，叶肖便对欧阳小枝说："小枝，你如果害怕就别进去，你就坐在走廊的座位这儿等我就行了，我进去一会儿后就出来。"

"嗯！"

等到他进入法医检验室里时，便看见此时的老同学孙子楚正面带微笑地站在那儿等着他，见到叶肖后便十分热情地走上前去跟他打了声招呼。

"老朋友，没想到我们这么快又见面了，听王警官刚才跟我说你最近这两天摊上了一个很棘手的案子需要我这个专业的法医来帮你个忙，所以我就来了。"

叶肖这时，也同样非常热情而又客气地对孙子楚说："非常感谢你这个老朋友特意过来帮我这个忙呀！看来王浩这家伙还是很了解我的。"

说到这儿时，叶肖想起王浩之前对他说过的话，于是便问道："孙子楚呀！听王浩说你在检验尸体的时候发现了一点东西，是什么东西呀？"

孙子楚这时把一瓶装着特殊透明液体的玻璃器皿递给了叶肖说道："这是我刚刚从那只白肩雕的胃里发现的，这是一种特殊的液体，动物喝了它之后就完全听从于它的主人，而给它喝这东西的主人就能用自己的意志操控它做任何事。"

　　当叶肖接过装有特殊液体的器皿以后，便认真而又仔细地看了看，发现这液体无色无味但是有些黏稠，看上去就好像胶水那样黏糊糊的，但也不是特别的黏稠，确切地说应该像被熬得很黏稠的稀饭一样。

　　这时候，孙子楚又接着说："这白肩雕应该就是你上次让我鉴定血液的那只白肩雕吧！我想上次你让我鉴定的那片枫叶上的血液应该就是它留下的，这浓稠的液体我也知道是用来干什么的，它说白了就是一符咒，是日本神道教的阴阳师用来控制动物意志，并且利用动物的感知能力寻找他想要寻找的东西，听说欧阳教授信上说的那个杀人凶手宫本俊就是用这一招找到双鱼玉佩的所在位置。"

　　听到孙子楚知道了有关日本神道教阴阳术的事之后，叶肖便问道："既然你知道日本神道教的阴阳术，那你是否知道在南华市内有没有一位同样精通日本神道教阴阳术的大师呢！我想利用一下这神道教的阴阳术寻找凶手的所在位置。"

　　说完之后，他便走到昨天晚上袭击欧阳小枝的那名凶手的尸体旁边而后继续说道："这名凶手昨天袭击了小枝，他说他是奉命行事，他身上穿着的衣服还有其他东西很有可能是他主人给的，而他的幕后主使则很有可能就是杀害欧阳教授的宫本俊。"

　　然而遗憾的是，孙子楚这时却摇了摇头说："这个我就不知道了，虽然我知道阴阳术这东西，但是在这城市里会精通阴阳术的人，我确实不知。

　　但是，他的下一句话，又让叶肖看到了一丝希望。

"不过，这日本神道教的阴阳术起源于我们中国的道术，我在龙泉观认得一名道术很高的大师，他叫张诺锡，或许他可以帮你。"

　　"哦！多谢多谢，我一会儿就去找他。"

　　说完之后，他不由得想起那名凶手昨日中弹的事。

　　"昨天这名凶手头部中弹，你有没有找到子弹头，也许可以从子弹头的型号知道凶手使用的是什么样的枪，进而顺藤摸瓜找到幕后的真凶。"

　　没想到这时，孙子楚却摇了摇头说："哈哈，你可真是太天真了，你想到的东西估计宫本俊那家伙也想到了，他肯定不会给你留下任何线索抓住把柄。"

　　"你说什么？"

　　"实话告诉你吧！昨天击中绑架你女朋友凶手的子弹是用冰做的，都过去这么长时间早就融化了，我根本就没有找到子弹头。"

　　"什么？用冰做的子弹？"

　　"没错，因为当我观察他头部时，就只发现一个窟窿，里头没有子弹，而且昨天王浩在处理他尸体的时候，在现场也没发现子弹，这只有一种情况，那就是杀死他的子弹是用冰做的。"

　　"可是用冰做的子弹又怎么可能会打死人呢？"

　　孙子楚则十分肯定地对叶肖说："冰子弹是可以打死人的，它是用水、二氧化碳和氮气制作的，在用的时候一样会有杀伤力，杀死一个人根本不在话下，你现在唯一能找到幕后真凶的办法只有一个，那就是去龙泉观找张诺锡大师，不过他是否懂日本的阴阳术那还真说不准。"

　　但是，早已下定决心向欧阳小枝许下承诺找出真凶的叶肖是不会就这样轻易放弃任何可能找到凶手的机会，他毫无考虑而又态度十分坚定地对孙子楚说："这个不用考虑了，等我去龙泉观那儿找到张大师以后再说，我无论如何都要把这个叫宫本俊的家伙揪出来，不管他是真的死了还是假的死了，我都非得要还欧阳教授一个公道，因为我答应过小枝的。"

叶肖的决心让孙子楚心里顿时十分感动，他微微点了点头带着赞美的语气对叶肖说："看来欧阳小枝总算没有看错人，有你这样一个信守承诺，如此全心全意的男人，她真的应该感动幸福。"

说完之后，他将之前从凶手头上扯下来的面罩交给了叶肖，并对他说："这家伙戴的面罩材质有些特殊，你带着这个东西去找张大师才比较合适。"

"嗯！知道了，太感谢你了孙子楚，你亲自帮我破案又给我提供了这么重要的线索，我真的不知道该怎样感谢你才好。"

"阿哈，不必客气，咱们兄弟一场客气个啥呀！祝你找到张大师后，能够破案成功。"

叶肖和欧阳小枝两人乔装打扮着行走在去往龙泉观的路上，只见此时的叶肖戴着一副墨镜，穿着一件绿颜色的休闲大衣，还戴着一头橙黄色的假发，样子看起来就跟个社会上的小混混似的；而欧阳小枝此时也同样戴着一副墨镜，并把头发给扎了起来，穿着一身浅红色的休闲服和一条有着破洞的牛仔裤，与她平时的穿着和打扮大相径庭，不过这样更不容易让潜藏在暗地里的宫本俊认得出来。

"喂！你咋让我穿这样的衣服，我一般只喜欢穿白颜色的，不喜欢这浅红色的，你让我穿成这样去见那个道士，恐怕不太好吧！"

欧阳小枝看着叶肖将她打扮成如此模样，心里头感到有些不满，一向比较注重和在意自己形象的她对于自己现在的这身穿着很是抵制，而叶肖这个人则比较随意，他一脸尴尬地笑着对欧阳小枝说："没办法呀！为了不暴露目标，只能穿成这样了，你不知道宫本俊身边有多少个手下正盯着我们呢！如果我们按照原来的穿着和打扮，那可就有危险了，所以你还是将就将就吧！"

无奈之下，欧阳小枝只好按照叶肖所说的那样暂时将就将就。

"行吧！不过，你下次可不要再给我这样的衣服穿，下一次如果要伪装的时候，衣服的料子和颜色我自己选，省得穿的跟妖怪似的。"

"好的，只要不和你平时穿的一样就可以。"

当欧阳小枝听完叶肖的话后，禁不住感叹了一句："宫本俊这只老狐狸真是害人精，连穿件衣服也不让我安心，说话也要小心翼翼地不能大声，真麻烦。"

叶肖这时则笑呵呵地对她说："呵呵，这情况只是暂时的，等我有办法把这只老狐狸捉拿归案后，你想穿什么衣服都行。"

两人终于来到龙泉观门口，当叶肖在观察了一下四周后，确定没有任何可疑的人存在，便和欧阳小枝一块儿走了进去。

当他们俩进入龙泉观时，经过多方打听终于知道了张诺锡大师所在的地方，并且在那儿见到了他。

"请问两位找贫道有什么事？"

说话的这位正是张诺锡，只见他身披一件黑色道袍，长发束顶，留着长长的黑须，皮肤黝黑看上去差不多四五十来岁的样子，此时的叶肖便对张道士说明了自己的来意。

"我叫叶肖，是孙子楚的朋友。事情是这样的，我最近有一件案子需要张道长帮忙，是我的朋友推荐我来找您的。"

"孙子楚？"

当张诺锡一听到这熟悉的名字时，便很客气地对叶肖说："原来是孙施主推荐你们来的呀！孙施主可是我们龙泉观最忠实的信徒，他每年都会来我们这儿求签问卦，每年都会给我们道观添香油，你们既然是他推荐过来的，那就算是朋友了。"

"啊！这么说张大师是愿意帮我这个忙的？"

张诺锡仍然保持着客气而又很和蔼的笑容对叶肖说："那当然，你既然是孙施主的朋友也就是贫道的朋友，不管你有什么忙我都会愿意帮的。"

见到张诺锡那么爽快，性格直爽的叶肖便开门见山地把有关欧阳教授遇刺案子的来龙去脉毫不保留地告诉给张诺锡，又把日本神道教阴阳术中下符咒控制动物意志寻找东西的法术说给张道人听，说到这儿时他便继续对张诺锡说："张大师呀！事情的经过我都说了，我这次过来找你是想请你施展类似于日本神道教阴阳术那样的法术让我找出真凶，因为孙子楚说日本神道教起源于我们中国的道教，我想他们的阴阳术也应该与我们的道术一脉相承，他说您道行高深，一定会有办法的。"

听完叶肖的话，张诺锡一边掐着手指一边思索似的看向房顶，在思索片刻后便对叶肖说："日本神道教不完全起源我们道教，但是和道教确实有些渊源，所以类似于阴阳术中的那套控制动物意念，利用动物的感知能力寻找东西的法术我们道教里头也有，但是我们这儿叫摄魂大法，我想可以试一试。"

张诺锡此话一出，叶肖心里顿时感到高兴不已，他情绪激动地看着张诺锡，表现出一副很迫不及待的样子说道："啊！是真的吗？那就请大师施展法术，为我破案。"

"好，不过贫道也只是试一试，若是没能做到像日本的神道教阴阳术那样，你们也不要太过失望，贫道相信总有其他办法找出真凶的。"

说罢，他便一边认真地念动咒语，一边烧着一张杏黄色的纸符，待纸符燃烧殆尽之后便放进水里，紧接着嘴里不停地念着那些让人听不懂的咒语，不一会儿令人感到神奇的一幕发生了，只见水上的那些个被烧成灰烬的纸屑瞬间化为乌有，莫名其妙凭空消失了。

这个时候，忽然之间有一只黑色的乌鸦飞到那碗装有符水的碗旁边，然后主动喝上几口符水，等到它喝过几口符水以后，张诺锡便将叶肖交给他的那个凶手所戴的面罩浸在符水里头，浸过一半以后便将那打湿的面罩给拿了出来，然后对那只喝了符水的乌鸦说："快去找这东西的出处吧！"

张诺锡刚把这话说完，那只乌鸦就好像听懂人话似的立马飞走了，待它飞走以后张诺锡便闭着眼睛盘膝而坐，意志似乎与那只乌鸦早已融为一体，这一下子却花费了好长一段时间，而叶肖和欧阳小枝则在一旁干等着。

在等过一段时间以后，欧阳小枝便显得有些不耐烦了，但为了不影响张诺锡大师作法，只好在一旁小声嘀咕道："过了差不多一个半小时的时间，大师怎么还没醒过来呀！他到底在干嘛！这样做能找到宫本俊吗？"

坐在她身旁的叶肖因为是学警察出身，所以时刻保持着一颗镇定敏锐而又淡定的心，从来都不会因为长时间的等待而没有耐心甚至烦躁。

"小枝呀！你先不要急躁，我们就这样坐着慢慢地等，不管大师能不能找到宫本俊，等大师醒来以后再说。"

"可是都过去这么长时间了，大师还是没有醒来，像这样一直等下去也不是办法呀！我都快要急死了。"

"正所谓心静自然凉，你脑子里暂时先不要想着能否找出宫本俊的事，让自己慢慢放松去想别的事，想一些好一点的结果，这样你就不会觉得无聊，不会觉得烦躁了。"

两个半小时过去了，张诺锡大师终于醒了，当他站起身以后，叶肖这时便迫不及待地问道："大师，请问你查到这东西的源头是出自哪里吗？"

张诺锡于是点了点头，给了叶肖一个令他感到满意答复。

"查清楚了，当那只乌鸦在飞的时候，我通过意念从它的视觉中看到一个位置，那就是凌云服装材质有限公司。"

"凌云服装材质有限公司？"

当叶肖听到这家公司的时候，脑海里不由得回想起昨日王浩给他提到过的那个人，他便是这家日企公司的老板中村正雄，于是直接就把这个名叫中村正雄的人列为嫌疑人。

"没错，乌鸦就是在这家公司的房顶处停留下来的，看来这面罩的来源可能就是这家公司，也许嫌疑人可能就是这家公司的老总。"

"哦！我明白了，感谢大师帮忙助我一臂之力，这案子总算有了头绪了。"

"啊哈哈哈，叶警官太客气了，这要感谢你的朋友孙子楚，他提醒了你，猜到日本的神道教与我国的道教几乎一脉相承，才能有机会找到犯罪嫌疑人，若是这两者之间没有任何关联，恐怕你还得绞尽脑汁了。"

"是呀！哈哈，大师说的是呀！既然大师找出了嫌疑人，那叶某现在要去办这案子了，改天我一定和我朋友孙子楚一同前来登门拜访的，告辞，告辞。"

"哈哈，慢走，路上小心，祝你早日找到嫌疑人，把真凶捉拿归案。"

第六章　中村正雄是凶手吗？

今天对于欧阳小枝来说是一个心情格外沉重的一天，因为这一天是欧阳少坤的葬礼，在欧阳少坤教授遇刺身亡后不久，遗体便从医院那儿拖到了火葬场，今天已经是遗体停放在火葬场那儿第三天了，按照南华市百姓们的习俗，尸体停放三天举行完葬礼以后便要进行火化。

此时，欧阳少坤的葬礼正在举行之中，过来祭奠他的便是他生前的好友和同事以及他的一些亲戚，当他们看到欧阳少坤的遗像此刻正摆在灵堂那儿时，心情显得格外悲伤，有的禁不住伤心落泪小声哭泣，有的怀着极为沉重的心情为曾经的老战友老同事献上花圈，送上最后一程，看着躺在棺材内的欧阳少坤那一副化了妆之后闭着眼睛的样子是那样的安详，仿佛睡着了一样，他们多么希望他能够一下子从这漫长的睡梦中苏醒过来，然后还是像以往那样陪他们一块儿吃饭一块儿聊天，继续着他生前曾经和自己一块儿做过的那些事情。

但是人死不能复生，现实永远是现实，无论再怎么残酷也都无法改变，当穿着孝服的欧阳小枝跪在她义父棺材旁边与那些前来送她义父最后一程的好友互相回拜时，她此刻的心情是万分悲痛，想起她从出生的那天起在义父的关怀与呵护下成长，与一家人在一起生活时的点点滴滴美好记忆，再看着眼前这位给了她家庭给了她幸福给了她爱的人此时此刻正躺在一个冰冷的棺材里，这让她心里很不是个滋味，眼眶中也在不知不觉间流出了伤心与难过的泪水。

见到这一情况后的叶肖不由得在一旁安慰道："小枝，别难过了，人死不能复生，你要节哀顺变变得坚强一点。"

而欧阳小枝此时却什么话也没有说，只是跪在一旁默默点了点头，过了一会儿，又有其他几个义父生前的好友也全都过来对欧阳小枝表示安慰，可欧阳小枝却只是微微点了点头什么话都不说，仍旧沉浸在失去父亲后那无尽的悲痛之中。

欧阳少坤的遗体要正式进行火化，当他的棺材连同遗体一同被抬走的那一刻，欧阳小枝故意把脸转到旁边，不忍看到这一令她悲痛而又绝望的经过，直到棺材被抬走时，她才慢慢回过头。

然而就在这个时候，一名戴着面具满头白发，穿着一身蓝颜色老人款式西服，看上去七八十岁的老者拄着拐杖在一名年轻人的搀扶下步履蹒跚地走到欧阳少坤的遗像前，然后按照中国人的习俗为他上了三炷香，而那个搀扶着那位戴着面具的老者的年轻人，叶肖和欧阳小枝两人都认识，他就是昨晚帮助叶肖一同拦截那名黑衣人的陈国强。

当那位戴着面具的老者走到欧阳小枝跟前时，便向她自我介绍道："我是你义父欧阳少坤父亲的故交，我叫方山，你们也可以叫我方先生。

说到这儿，方山又接着说："我想你父亲临终前应该已经告诉过你，你其实不是他的亲生女儿了吧！"

方山此话一出，欧阳小枝心里头顿时感到无比惊讶，于是问道："啊！您怎么知道我不是我父亲的亲生女儿呢？而且从小到大我都没有听过我父亲和我爷爷提起过您呀！"

然而，方山此刻却小心翼翼地看了看四周，心里好像知道一些有关欧阳小枝的真实身份和秘密，于是小声说道："现在不是说这话的时候，你要是想知道你身世的秘密，就等你义父的葬礼结束以后来我家，我会告诉你想知道的一切。"

当方山说完这话后，在一旁搀扶的陈国强这时候对欧阳小枝安慰道："小枝，关于你义父的死我深表遗憾，人死不能复生，请你节哀，现在凶手可能随时都会打你和你这玉佩的主意，所以你更要保护好自己，不过你放心，方先生和我一定会保护好你的人身安全的。"

"嗯！谢谢你们，如今我义父刚刚下葬尸骨未寒，我现在更想找到凶手为我义父报仇，将凶手绳之以法。"

听到这话后，方山便说道："其实跟找到凶手比起来，你的身世更为重要，你现在要做的就是听你义父的话，尽快去新疆罗布泊那儿找到你的亲生父母，查出你的身世，另外揭开双鱼玉佩的秘密，不然凶手是不会放过你的。"

听到方山这么一说，欧阳小枝心里头更是疑惑不解，于是问道："你说什么？我的身世还有双鱼玉佩的秘密跟凶手有什么关系？"

而叶肖则在方山说过的这句话中，似乎听到了一些端倪。

"您的意思是说，宫本俊那家伙的杀人动机和双鱼玉佩的秘密有关？"

见到叶肖年纪轻轻竟有如此敏锐的思维和洞察力，方山便微微一笑禁不住赞美道："哈哈哈哈，想不到叶警官的思维能力竟然如此之强，一听就能听得出来我说这话的意思。"

然而，当他说到这儿时，却依旧非常警觉地看了看四周，最后小声说道："现在有些话是不能在这里说的，如果你要是想知道更多，等葬礼结束后来我家吧！"

欧阳少坤教授的葬礼总算是结束了，为了能够弄清楚自己身世和双鱼玉佩秘密的欧阳小枝跟随方先生一同来到他家中，而叶肖此时也希望能从方先生嘴里知道更多关于欧阳小枝和双鱼玉佩的秘密以便于破案早日揪出真凶，所以便跟着去了。

方山的家在一栋三层别墅内，别墅的面积不大，只有一个地下室和一个围着的小院子，内部装修不是很豪华，不过也不寒酸，看上去比较简朴，有一种艺术家的气息，奇怪的是里头到处都摆着有关楼兰古国相关的文物仿制品，这让叶肖心里头不由得感到一阵奇怪。

方山手下的仆人泡了两杯上等的云南普洱茶，用盘子将那两杯普洱茶放置在方山用来接待客人的茶几上，随即便退了下去。

"两位请喝茶。"

见叶肖和欧阳小枝两人品过一口茶后，方山便问道："你们觉得我家的茶怎么样？好喝吗？"

欧阳小枝赞美道："这茶味道纯正，真好喝。"

叶肖同样赞美道："这是上等的云南普洱，估计生长在丽江大理那边，这水的味道很纯正，无污染无其他味道，应该不是一般的水吧！"

方山一听这话，便笑了起来并再一次称赞道："哈哈，叶警官呀！你实在是太厉害了，不愧是一块儿当警察的料，你的察觉能力真的让我大开眼界呀！你说得没错，这水是我花钱从云南那里弄来的，既然喝普洱茶就得要喝云南那边的水嘛！"

叶肖此时再一次看了一会儿方山别墅内四周的环境后，便问道："方先生似乎对楼兰古国的文物很感兴趣呀！这些东西应该都是从楼兰遗址那儿出土以后仿制的吧！"

"是呀！没错，我和小枝的爷爷欧阳林是考古界的好朋友，关于当年彭军带队去罗布泊，并在那儿实地考察想要揭开楼兰古国消失的秘密，我也是通过欧阳林口中了解的。因为一直以来我们考古界人士都是从《高昌国史》这本书上了解楼兰是亡于高昌国，至于具体它到底是怎样灭亡的，又是如何会在一夜之间埋入沙中，对于这些我们仍旧一无所知。"

当方山把话说到这儿时，有关双鱼玉佩和欧阳小枝身世的话题就此打开了。

"那您一定知道彭军这个人吧！当年他带领考古工作者在罗布泊进行实地考察想揭开这个谜底时，却不幸失踪，那您知道他当年究竟是为什么失踪的吗？"

"当然知道，他当年因为和欧阳林一块儿在土里边儿发现了双鱼玉佩，并在《高昌国史》这本书中了解到了双鱼玉佩可以打开楼兰古墓的秘密，所以就对他队伍里的人员提议去寻找楼兰古墓，但是队伍里的大多数人因为害怕楼兰王的诅咒所以不愿意去寻找，没想到他后来独自一人偷偷地去了，当年我因为有要事在身，便没有跟着队伍一块儿去探险。"

"楼兰王的诅咒？"

叶肖重复着这句话，心里头不免有些疑惑和惊讶，方山便解释说："楼兰王的诅咒，就是在楼兰国被高昌国军队攻陷之后，楼兰王在临死之前的诅咒。这个在《高昌国史》中有过记载，据说在他即将殉国之前，曾经念过一个咒语，在这个咒语念过之后他说凡是接近楼兰古墓的任何人都得死，最后又说若是想要破除诅咒唯有双鱼玉佩和拥有楼兰王室血脉的人。"

听到方山这么一解释，欧阳小枝心里头便知道当年彭军之所以会突然失踪的原因了。

"当年彭军之所以失踪，可能就是因为不相信诅咒不相信拥有楼兰王室血脉的人才能破除楼兰王的诅咒这句话，所以便想通过自己的力量用双鱼玉佩打开楼兰古墓，可没想到他却在那里失踪了，我想他肯定是中了楼兰王的诅咒。"

欧阳小枝的一番话，也让此时的叶肖想起了过去曾经发生在新疆罗布泊那儿一系列真实诡异的事件。

"没错，不仅是彭军，而且还有很多冒险去楼兰遗迹的探险家死在了那里，唯独彭军一个人下落不明，估计他最后也是死了，看来楼兰王诅咒的传说确实是真的，可是楼兰古国消失了那么久，楼兰王室的后人想必也全都一同被埋在沙子里了，上哪儿去找楼兰王的后裔呢！"

听叶肖这么一说，方山也说道："就是嘛！当年的彭军肯定也是这么想的，不过楼兰后裔可能确实尚在人间，不一定全都被掩埋在滚滚黄沙之中。"

方山此话一出，欧阳小枝脑海里不由得回想起义父在信上写的那些文字："你其实不是我亲生女儿，我也不知道你究竟是谁的孩子，你是我当年寻着你爷爷的脚步前去罗布泊考察寻找有关楼兰古墓入口时收养的一个当地的婴儿，那块双鱼玉佩从我收养你的那时候起，就一直被你戴在身上，是一位不知名的神秘人把你亲手交给我抚养的，并且还告诉我只有你长大以后才能控制双鱼玉佩解除诅咒打开楼兰古墓之门，所以爸爸才答应他要把你抚养成人。"

于是她对方山说："对了，我突然间想起一件事，那就是我义父在信里头说，我是他当年寻着我爷爷的脚步为完成我爷爷的遗愿去罗布泊实地考察想揭开楼兰古城消失的奥秘时，被一个神秘人托付给我义父抚养的，说我从一出生就戴着双鱼玉佩，长大以后就能控制双鱼玉佩解除诅咒打开楼兰古墓之门，所以我爸爸才会答应他收养我。"

听到欧阳小枝这么一说，思维敏捷的叶肖于是猜测地向欧阳小枝问道："莫非你就是传说中楼兰王室的后裔？你义父把你抚养长大就是为了让你完成你爷爷临终的遗愿打开楼兰古墓之门？"

听到叶肖这一猜测，方山微微点了点头，觉得他这一猜测似乎合情合理。

"嗯！听你这么一说似乎有这种可能，欧阳林的遗命恐怕就是完成他老师彭军的心愿才要求他儿子去揭开楼兰古城消失的奥秘，我想那个把小枝托付给她义父收养的人肯定知道小枝身上的秘密，而他也一定知道小枝的亲生父母是谁。"

当方山说到这儿时，便认真地注视着欧阳小枝的眼睛对她说道："小枝，你现在需要做的就是赶紧去新疆找到那个神秘人揭开你的真实身份，这样你才能找到你的亲生父母，其他的事你暂时先不要管，我想杀死你义父的凶手也应该知道你和双鱼玉佩的秘密，所以他们才没有想过要伤害你。"

可是，一心只想为父报仇的欧阳小枝，对她的个人身世和双鱼玉佩的秘密根本就没有任何兴趣，只见她摇了摇头果断拒绝道："不，不行，我想先把凶手捉住，给我义父报仇，其他的事以后再说。"

而叶肖此时也很赞同方山刚才提出的建议。

"小枝呀！方先生刚才说的也没错，既然宫本俊没想过要伤害你，他肯定知道你的一切，一定是你义父为保住你的命跟他说了些什么，你不如先去一趟新疆，去了那儿以后他肯定会跟过来，到时候我们可以来个将计就计把他捉住，那样不就更好吗？"

但是，欧阳小枝却连叶肖说的话也听不进去，坚持着心中想要为义父报仇的这个信念。

"不行，不行，如果不能为父报仇，我情愿一辈子不知道我自己的身世，只有把义父的仇给报了，我才能安心去做其他的事，不然我是不会安心的。"

见到欧阳小枝依然是这样的坚持，叶肖便决定全力支持她的选择，全力以赴来破案。

"好吧！既然你坚持一定要先把凶手给揪出来为你义父报仇，那我也将全力以赴支持你，直到把宫本俊给揪出来，将他绳之以法。"

"嗯！谢谢你叶肖。"

见自己实在说服不了欧阳小枝去新疆罗布泊，方山也只好无可奈何地对欧阳小枝说道："好吧！既然你不想这么快知道你的身世我也不勉强，不过在你找到真凶为你义父报仇之时，我会设法派人保护你的个人安全，记住我的联系方式，如果需要帮忙尽管开口。"

"谢谢。"

就在欧阳小枝向方山道谢后不久，叶肖的手机突然间响了，他拿出一看原来是王浩打来的，于是便接通了电话。

"喂！是王浩吗？你打电话过来有什么事？"

只听见王浩说道："中村正雄已经被我给抓来了，现在正关在审讯室那儿，请你来局里一趟吧！"

"好，我马上过来。"

叶肖挂上电话，便和方山打招呼道："方先生，我现在有一个重要的案子需要去处理一下，今天多谢您的热情款待，希望下次有时间还能和您在这里聊一聊有关楼兰宝藏和双鱼玉佩的事。"

方山见叶肖有急事便不再挽留，于是说道："好吧！你如果有事要处理的话我也就不挽留你了，他日若是需要帮忙尽管来找我。"

"好的，没问题，那我告辞了。"

说完之后，他便站起身叫上了欧阳小枝。

"小枝，我们走。"

"嗯！"

二十分钟后，叶肖和欧阳小枝两人便一同来到审讯室，见到了坐在椅子上，戴着手铐的中村正雄，正在用他那熟练的中文喊冤叫屈。

"冤枉呀！真是活天冤枉，你们无凭无据的把我抓到这儿来，硬说是我杀害了欧阳教授，你们怎么能这样随便冤枉好人呀！你们中国至少也是个法治国家，在国际上有着很高的地位，怎么能够这样对待我这个国际友人呀！我只不过是个企业公司的老板，在中国没有任何犯罪记录，你们为什么要这样冤枉我？"

叶肖一脸严肃地看着他说道："你别抵赖了，你其实就是宫本俊，你的名字是假的，身份是伪装的，快把你是怎样枪杀欧阳少坤教授的事实说出来，把你的罪行全部招供。"

没想到中村正雄却仍然叫苦不迭。

"哎哟！冤枉呀！你们抓错人了，我叫中村正雄，不叫宫本俊，我也没杀欧阳教授，我与欧阳教授无冤无仇又怎么可能会杀他呢！我只不过在中国做着正经服装材质生意，偶尔投资拍电影，我到底哪里得罪你们了呀！你们就算是硬说我是宫本俊，可要有真凭实据呀！"

听到他说要证据，叶肖便拿出前天从那名劫持欧阳小枝凶手身上搜出的头罩丢在他面前，仍然一脸严肃地说道："你要证据是吧！这个就是证据，这头罩就是从你派去挟持欧阳小枝的凶手身上搜来的，头罩的材质就是你们凌云服装材质有限公司的，你还有什么话说！"

没想到中村正雄听到这话后，竟然冷笑了一阵子，然后用那带着嘲讽的语气说道："哈哈哈，这就是你们所谓的证据？你们中国警察也太不严谨了吧！仅凭这面罩是我们公司生产的就认定我为凶手？这跟栽赃嫁祸有什么区别呀！就算这东西的面料和材质是我们公司做的，那也不能说明我就是杀害欧阳教授的凶手宫本俊呀！说不定是凶手用我们公司的材质做出来的这个面罩呢，你们就任由真正的凶手逍遥法外吗？"

这时候，站在叶肖身旁的欧阳小枝见他仍不承认自己是宫本俊，便把她和叶肖前天去龙泉观那儿，找张大师作法让乌鸦辨别物品来源的事儿给说了出来。

"宫本俊，你别想抵赖了，你上次为了找到双鱼玉佩的下落，就用你们日本神道教的阴阳术转移你的意志到一只生长在罗布泊的白肩雕身上，才找到了我的家。所以，我们就用和你同样的办法找到龙泉观的一位名叫张诺锡的大师用道术找到了你的位置，你没想到吧！"

欧阳小枝的话让中村正雄心头一怔，一下子愣住了，他猛然间回过神便调整了一下情绪，然后一脸激动地说："你们编的这个故事让我越来越觉得离谱了，我没有任何宗教信仰，根本就不信神道教，而且我根本就不会什么阴阳术，不信的话你们可以查一查我的资料，凡是来你们国家开公司的外国人士都有他的个人资料和他的家庭资料，你们应该查一查是什么人用了我们公司的材质产品作案，通过这个来找出凶手，不要把凶手做的所有的坏事都推在我一个人头上。"

就在中村正雄说话的同时，叶肖忽然间注意到他戴在胸前的一块绿颜色的勾玉，勾玉的中间还有一个红点，而站在旁边一直保持沉默的王浩这回终于说话了。

"你说的这些我都查过了，平时和你们做交易的公司都是我们中国人自己的公司，买你们东西的老板也都是我们中国人，在你们分公司买你们东西的也都是我们中国人居多，根本就没有看到有你们日本人，不然我们也不会把你带到这儿来审问了。"

"可是，那也不能说明，凶手一定就是我呀！"

然而，当他说到这儿时，突然间表情难受地捂着自己的肚子急忙说道："哎呀！我肚子疼，要上厕所。"

见到他是那样的难受，叶肖便对王浩吩咐道："王浩，你把他带去厕所吧！要把他给我盯紧了。"

"是！"

说罢，王浩便带着中村正雄去了厕所，站在厕所外，等待中村正雄出来。

　　然而就在这个时候，他忽然间听见厕所内传来一阵听似日语的语言，等到那声音停止时他猛然间冲进厕所，只见中村正雄推开厕门从里头走了出来，王浩一脸疑惑地问道："你刚才在厕所里嘀嘀咕咕说了些什么呀？"

　　中村正雄则面带微笑地摆了摆手说："啊！没什么，没什么，我刚才因为肚子疼所以说了点胡话。"

　　听到这话，王浩便点了点头，没有太过在意，接着便把他带回到审讯室，叶肖问道："你胸前戴着的是个什么东西？"

　　中村正雄指着他戴的那个东西，说道："你说这个呀！这个叫勾玉，是我在浅草寺那儿求的，它能保佑我生意兴隆，平平安安，所以我经常把它戴在身上。"

　　"哦！原来如此。"

　　叶肖说到这儿时，突然间停止了对中村正雄的审讯。

　　"好啦！今天的审讯就暂时停止吧！你的资料其实我早就看过，你的公司我也已经查过，通过刚才对你的审讯，看来你真的没有说谎，你也确实没有作案动机，仅凭一个你公司生产的头套确实不能说明什么，但是这也不能洗清你的嫌疑，所以今天就委屈你暂时住在这里，等到我们完全证明你是无辜的以后，我们自然会放你走的。"

　　说完之后，他又再次对王浩吩咐道："王浩，把他的手铐打开，带他去休息。"

　　"是！"

　　叶肖和欧阳小枝离开警察局后不久，欧阳小枝便问道："怎么今天只审讯了他这么一小会儿呀！为什么不多审问一会儿呢？"

　　叶肖回答说："我看他那样子确实不像凶手，他也确实没有杀害你义父的作案动机。"

"可是那个劫持我的凶手的头套确实是他公司生产的呀！"

"仅凭一个头套确实说明不了什么，我们要有足够的证据才行，明天就看一看他的表现了，如果他真的不是凶手的话，我会考虑放了他。"

第七章　张诺锡突然遇害

第二天一大早，叶肖洗漱完毕，在电脑上百度搜索"日本勾玉"四个字，只见他正耐心地读着百度上显示出来的几行文字。

"考古学家和历史学家都无法解释勾玉形状的起源，目前学界主要有以下几种说法：1.勾玉的原型是动物獠牙，2.勾玉象征着胎儿的形状，可能与生殖崇拜有关，3.勾玉象征着灵魂的形状，可能与巫蛊有关，4.勾玉象征着月亮的形状，可能与月亮崇拜有关。"

当他读到第三个写着与巫蛊有关的那一行文字时，顿时眼前一亮，脑海里便有了一个猜测，于是便在心里头默默地说："中村正雄戴的那个勾玉会不会与日本神道教的法术有关呢。"

然而，就在这个时候，他接通了王浩打来的一个电话。

"喂！王浩呀！你有什么事？"

只听见王浩在电话另一头急匆匆地说道："叶肖，你快到龙泉观来一趟吧！张诺锡大师遇害了。"

听到这话，叶肖心头猛然一怔，问道："你说什么？"

王浩这时急忙重复了一遍。

"张诺锡大师遇害了，请你到龙泉观来一趟吧！"

等到王浩挂断电话后，叶肖连忙对正在厨房那儿做早餐的欧阳小枝说："小枝，张大师遇害了，我们得去一次现场。"

他的话也让此刻的欧阳小枝心里头猛然一惊，不由得反问了一句："你说什么？"

叶肖于是重复道："张大师遇害了，你快跟我走！"

然而，欧阳小枝却仍然惦记着她做的早饭。

"可是我的早饭还没做好呢！要不吃完早饭以后再去。"

"不用了，早饭就去外面吃，我们得快一点赶到现场。"

一会儿工夫，叶肖便拉着欧阳小枝来到龙泉观，只见龙泉观这儿到处围满了人，他们似乎都是过来看热闹的，等到叶肖和欧阳小枝二人从人群中走到案发现场警戒线边缘时，王浩一下子就看见了他们，于是向他们挥了挥手说道："叶肖，欧阳小姐，你们俩终于来了，快进来看看吧！"

二人走进警戒线以内，叶肖便向王浩问道："张大师是什么时候遇害的，尸体在哪儿？"

王浩用手指了指张大师遗体躺着的位置回答说："张大师是早晨七点的时候遇害的，他是被人用刀捅死的。"

"用刀捅死的？"

叶肖一脸疑问地重复了一下王浩的这句话，而后又看了看张大师的尸体，只见他正保持着死亡时候的姿势，这让见到这一情景的欧阳小枝顿时被吓得目瞪口呆，她不由得把脸转了过去。

叶肖安慰她道："没事的，没事的，有我在不要怕。"

说完之后，他便走近张大师的尸体旁，只见他的胸口处被捅了好几刀，脖子上很明显有被人掐过的痕迹，可奇怪的是脖子上竟然没有留下任何指纹，这与上次欧阳少坤教授遇害时所遇到的情况完全一样。

为了能够寻找到更多的线索，叶肖便又仔细检查了一下张大师的尸体被人用匕首捅进去的深度和刀痕，沉默了一会儿后站起身对王浩说："快把中村正雄给我放了，他不是凶手，我们冤枉人家了，凶手另有其人。"

叶肖的决定让王浩心里头不由得感到有些不可思议，于是便瞪大眼睛一脸惊讶而又疑惑地问道："你说什么？放了他？"

叶肖微微点了点头，声音很是低沉地解释说："没错，放了他，他一直被关在警察局里头，根本不可能与外界联系，可是张大师却在他被关进去之后遇害，这说明凶手另有其人，肯定不是他，快把他放了。"

王浩见他说的有道理，便说道：

"是，我马上到警察局去。"

然而，当他正要离开案发现场时，叶肖这时却又把他给叫了回来。

"你等一等。"

王浩于是转过身，向叶肖问道："你还有什么事？"

叶肖这时却什么话也没说，直接凑到他耳边跟他说起悄悄话。

来到警察局以后，叶肖亲自为中村正雄打开了手铐并一脸歉意地对他说："不好意思呀！中村先生，这完全就是一场误会，我为我的鲁莽行为表示抱歉，龙泉观的张大师今天早上被人杀了，而您现在被关在警察局，我们绝对有理由相信您不可能是杀人凶手，实在抱歉让您受委屈了。"

而中村正雄此时也没有表现出得理不饶人、谴责和抱怨的态度，反而表现得十分谦和大度。

"没事，没事，你们做警察的有的时候误判他人是会有的，我们日本那儿的警察也有这情况，既然知道是个误会那也就没事了。"

"改天我一定登门去贵公司拜访，以表示我的歉意。"

"好呀！叶警官既然肯来我们公司，那是我的荣幸。"

说完之后，他便从口袋里掏出一张名片递到叶肖手中，接着说道："这是我的名片，你来我们公司可以打这个电话联系我。"

"好的，没问题，我一会儿就派人送你回你的公司去。"

"谢谢。"

中村正雄离开以后，叶肖便去局里赵法医那儿询问张大师的尸检情况。

"赵医生，请问张大师身上的刀伤是哪种匕首造成的？"

赵法医回答说："这伤口十五厘米深，很肯定是美国黄蜂匕首。"

"黄蜂匕首？你能这么肯定？"

"能这么肯定，因为普通的匕首一般都是二十厘米以上，只有这把匕首才是十五厘米，黄蜂匕首是用钛合金制作的，捅到人身上以后拔出来不会留下任何金属痕迹，用这样的匕首搞暗杀是最好不过的了。"

"暗杀？可是他为什么要暗杀张大师呢？"

说到这儿时，叶肖一边在脑子里思考了一下凶手的杀人动机一边说道："我那天和小枝一起去龙泉观伪装得很好的呀！没有发现周围有人跟踪呀！这家伙是怎么知道我们去找张大师的呢！"

听到叶肖这么一说，在一旁的赵法医便猜测道："张大师是整个南华市唯一一个懂得用类似日本神道教阴阳术法术的道术的人，恐怕是凶手不想让人复制跟他一模一样的法术找到他的行踪吧！"

"说的也是呀！"

赵法医的话让叶肖听到以后觉得似乎很有些道理，于是便这样说道。

叶肖又想起赵法医刚才说作案工具是黄蜂匕首，于是决定从黄蜂匕首这条线索上查出凶手的下落。

"既然张大师是死在黄蜂匕首这把利刃上的，看来我得从黄蜂匕首这条线索上开始查起，可是据我所知这黄蜂匕首是美国的进口货，要买的话是很难买到的，除非是走私物品，不过要是走私的话又该上哪儿查是谁走私的呢！"

当叶肖正在为这个问题绞尽脑汁感到有点犯难时，幸好赵法医给了他一个提示。

"既然查不到是谁走私的,那可以试着把凶手给引出来逼他现身,不就知道是谁干的吗?"

听到赵法医的提示后,叶肖心头一怔,顿时觉得这或许是个好办法,于是一脸激动而又兴奋地说道:"对呀!我可以想办法把凶手给引出来。"

讲到这儿时,他心里头便有了一个主意,便立马离开赵法医的办公室来到欧阳小枝身边向她借一样东西。

"小枝,把你的双鱼玉佩借给我。"

见到叶肖竟然要跟她借双鱼玉佩,欧阳小枝心里头便疑惑不解,于是问道:"你为什么要跟我借这个?"

"不要问我为什么,你先借给我就够了,这个对我很重要,另外把你的衣服也借给我几件,这个你也不要问我,反正到晚上你就知道了。"

到了晚上,欧阳小枝独自一人借着街边路灯的亮光行走在回家的路上,突然就在这个时候,她被一个穿着黑衣服的人给劫持了,只见那人用一把匕首架在她脖子上威胁道:"如果不想死的话,就跟我去见见我们老板。"

"你们老板是不是宫本俊?"

黑衣人在听到这男性的声音时,顿时觉得有点儿不对劲,原来眼前这个欧阳小枝是叶肖假扮的,紧接着叶肖便用了一招擒拿手准备将他撂倒在地,却被黑衣人巧妙地挣脱了,随后二人便缠斗在一块儿。

在缠斗的过程中,黑衣人不断地用匕首攻击叶肖,在他用匕首第六次想要捅进叶肖胸膛的那一刻,叶肖顺势拧住他那只拿匕首的手腕,夺下了匕首,又顺势脱下他那只手的手套。

黑衣人见自己不是叶肖的对手,便只好在地上扔了一枚烟幕弹,借着叶肖因为烟幕弹看不清的工夫逃走了。

第八章　凶手留下的线索

到了第二天，叶肖便把他昨日从黑衣人身上搜到的那只手套拿去警察局检验，想要从手套的内侧提取黑衣人的指纹，并把手套的材质和前日从另外一名黑衣人尸体上搜到的头套一对比，发现这两样东西的材质几乎是相同的。

站在他身旁的王浩看了看昨日叶肖从黑衣人手中夺过的那把黄蜂匕首，说道："我听赵法医昨天说，凶手的作案工具很有可能就是黄蜂匕首，看来他猜得没错，由此可以判断出，杀死龙泉观张大师的就是跟你昨天交手的那个黑衣人。"

叶肖回应道："没错，刚刚我检查了手套和头套，发现这两样东西的材质一模一样，把这手套戴在手上无论触碰任何东西，都不会留下痕迹，特别有利于犯罪，看来杀害欧阳教授的应该就是这个犯罪团伙。"

说完之后，叶肖便问起王浩有关手套背面提取凶手指纹的事。

"王浩，我让你从手套背面提取指纹，请问你提取到了没有。"

然而，王浩却给了他一个令人失望的回答。

"没有，因为这手套的材质是用特殊材质做的，不可能留下任何指纹，哪怕是手套背面也是一样。"

听到这样的回答，叶肖的脸上立马露出一丝遗憾与无奈的表情，因为这就意味着寻找幕后真凶的希望已变得越来越渺茫，案件也变得越来越棘手。

就在这时，他的脑海里又一次闪烁出一线希望，他想到前天那个被人用冰子弹给击毙的那个黑衣人的尸体，也许可以从他的指纹上寻找线索。

"对了，我们还有一具黑衣人的尸体，我们可以从他的尸体上提取指纹。"

可是，王浩再一次给了他一个令他失望的回应。

"那具尸体现在已经被火化了，因为没有利用价值，又放了这么多天，不可能再继续放了。"

此时的叶肖眼见着刚刚想到的唯一寻找幕后真凶的希望就这样瞬间破灭了，情绪显得尤为激动，便自顾自地抓狂发起牢骚。

"可恶，早知道那具尸体对我们有用，我就先在他手上提取指纹了，现在空有几样凶手作案工具，指纹又提取不了，有什么用，可恶可恶！"

说罢，他猛的用双拳捶打了一下摆放着证物的桌子，王浩搭着他的肩膀劝道："不要着急呀！虽然提取指纹已经不可能的了，但是我们至少可以从其他方法入手呀！"

"其他方法？"

叶肖重复了一遍王浩的话，在不经意间盯着摆放在桌子上的那把美国黄蜂匕首，思来想去之后脑海里便有了一个主意。

叶肖来到南华市的一所监狱，审问了一名因犯了走私凶器和枪械罪而判刑的囚犯，那名囚犯名叫朱枫，看起来四十五岁，此时已被剃光了头发，身上穿着囚服，被铐上了手铐和脚镣，由此可见他应该是个死刑犯，距离他生存在这世上的日子可能已经不多了。

对于叶肖来说，帮助他破案或许就是朱枫活在这世上的最后一点有用价值。

"你认得这把匕首吗？听说你在犯案的时候走私过这样东西。"

叶肖说完，便将他手中那把黄蜂匕首放在审讯桌前，朱枫定睛一看，连忙点了点头，很诚实地交代了一切。

"我认得这把匕首，这把匕首是我在两年前与美国军火商走私的时候弄过来的，除了这东西以外还有机枪和子弹，我把这些东西悄悄卖给一伙犯罪团伙以后便发了财，得了很大的利益，可是最后还是没能逃过警察的法眼。"

"若想人不知，除非己莫为；天网恢恢，疏而不漏。人一旦犯了罪，必将受到法律的严惩，不管是大罪还是小罪，所以人活着还是应该遵守公共秩序，安分守己，不做违法的事，否则悔之晚矣。"

听叶肖这么一说，朱枫低着头，很是无奈地叹了一口气，脸上露出后悔的表情，声音低沉地对叶肖说："是呀！这世上没有后悔药，这一切的恶果都是我自己造成的。"

说罢，他便抬起头，以一种赎罪的心态看着眼前的叶肖说道："反正我马上就要死了，因为我的一时贪念让那么多无辜百姓死在那些劫匪手里，我也是罪有应得，不过能在临死之前帮助你破案也算是做了一件好事，对得起我这一生了，你如果有什么线索要我提供就尽管问好了，我一定如实回答。"

见到朱枫能够这样想，叶肖心里一阵欣慰。

"你能这样想，我很欣慰。你还记得你走私的这把匕首，把它卖给什么人了吗？有没有卖给日本人？"

当朱枫听到"日本人"这三个字的时候，脑海里便有了一点眉目。

"有，当然有。"

"有就好，因为欧阳教授这案子的凶手就是一个日本人，把你和那个日本人交易的经过详细告诉我，把他的样貌和声音形容一下。"

"好，我一定全力配合。"

"那日本人姓宫本，至于他叫什么我就不知道了，当时他蒙着头，穿着黑衣服，所以我不知道他长什么样子，不过他身高看上去有一米七，长得很瘦，说话的声音听上去有些沙哑，胸前好像戴着一块日本勾玉，我和他是现金交易。"

"宫本？宫本俊？日本勾玉？"

听到这样的描述，叶肖脑海中不由得再一次对中村正雄的身份产生了怀疑，不过仅凭一块勾玉就认定他是凶手那也是不够的，于是他从口袋里掏出一台录音器问道："你还记得那日本人的声音吗？你若是记得就听一听这录音器的声音，看看是不是这样子的。"

说完，叶肖便打开了录音器，录音器里播放的正是昨天审问中村正雄时的录音，没想到朱枫听完极力否认道："不不不，那个日本人的声音不是这样的，他当时跟我交易的时候用的是很蹩脚的中文，发音没有这么标准，声音也不一样，我敢肯定不是录音器里的这一位。"

"看来不是呀！"

叶肖轻声说完这话后，脸上露出失望又遗憾的表情，因为他始终都没有打消对于中村正雄的怀疑。

不过，他心里知道，宫本俊和朱枫根本就不是一路人，所以朱枫没有必要袒护他为他说谎，既然他说不是中村正雄的声音那就肯定不是。

眼见着朱枫能够给他提供的线索也就只有这些，叶肖便决定不再继续追问。

当警车行驶在去往公安局的路上时，叶肖向开车送他来这儿的王浩问道："小枝现在怎么样？她安全吗？"

王浩一边开着车一边拍着胸脯打包票似的回答说："放心吧！绝对没

事，有那么多人一天二十四小时轮流保护着她，宫本俊肯定没机会下手的。"

"哦！那就好。"

这时，王浩也非常关心地问了叶肖一个有关他今天去监狱审问朱枫的问题。

"叶肖呀！你刚刚审问朱枫审问的怎么样？有什么收获吗？问出什么没有？"

"问出来了，现在已经大概知道宫本俊这家伙有什么特征了，等会儿去了警局，我会把他的特征写下来存入档案的。"

到了晚上，叶肖带着欧阳小枝往家走，为了能够放长线钓大鱼，能够再一次捉住宫本俊的手下寻找证据，他们俩这次便故意大摇大摆地走在路上，暴露着自己的行踪，另一方面则委托王浩派人偷偷守在他家周围。

当他们俩回到家以后，欧阳小枝便对叶肖说："我猜这次宫本俊应该不会派人来捉我了吧！前两次都没能抓着我，还留下那么多对他不利的证据，我猜呀！他这次肯定不会派人来的。"

叶肖则很悠闲地躺在沙发上，跷着二郎腿看着电视，一边回应道："不管会不会派人来，都得要这样做，因为他们的目标就是你，你是能够打开楼兰宝藏墓穴的唯一途径，所以他们不敢伤害你。既然他们不敢伤害你，那何不就利用这个机会逮住更多的凶手寻找证据呢！"

听到叶肖这么一说，欧阳小枝便半开玩笑似的对他说："你真是坏透了，竟然把我当作诱饵。"

叶肖则很是无奈地摇了摇头，面带微笑地对欧阳小枝说："没办法嘛！为了能让你义父的灵魂得到安息，早日找出真凶，这是唯一的办法了，你不是很想早日抓到凶手吗？"

听叶肖这么一说，欧阳小枝心里头也同样感到很是无奈，她摇了摇头苦笑着说："呵呵，说的也是呀！所以我只好委屈一下我自己了。"

"这几天为了你的事，忙前忙后真的快要把我累坏了，今天好不容易能够放松一下心情，回到家后看一会儿电视，这机会真的是很难得呀！"

欧阳小枝坐在他旁边，轻声说："为了我义父的事，你已经很努力了，而且我也看得出来，谢谢你为我所做的一切。"

"小枝，你不用谢我，为了你我愿意做任何事，再危险的事我也会做的，只是这个幕后真凶很狡猾，所以这个案子很是棘手，但是你放心，为了你我是绝对不会放弃的，不找出真凶我誓不罢休。"

欧阳小枝把头靠在叶肖的肩膀上，紧紧地握住叶肖的手臂，认真地注视着叶肖的眼睛说道："等找出真凶，我一定会去一次新疆罗布泊那儿找到我的亲生父母，然后揭开楼兰古城宝藏的秘密。"

当她把话说到这儿时，脑海里不禁想起那天和方山先生会面时，方山先生对她说过的话。

"他说我现在需要做的就是赶紧去新疆找到那个神秘人揭开我的真实身份，这样我才能找到我的亲生父母，其他的事要我暂时先不要管，还说杀死我义父的凶手也应该知道我和双鱼玉佩的秘密，难道这双鱼玉佩还有楼兰宝藏的秘密真的与我的身世有关？等我找到楼兰宝藏以后就能知道我的亲生父母是谁了吗？"

听她这么一说，叶肖也同样在他脑海里回忆起方山先生那天说过的话。

"方山先生那天说，楼兰王的诅咒，就是在楼兰国被高昌国军队攻陷之后，楼兰王在临死之前的诅咒。他在《高昌国史》中看过这样的记载，据说在楼兰王即将殉国之前，曾经念过一句咒语，在这个咒语念过之后，他说凡是接近楼兰古墓的任何人都得死，最后又说若是想要破除诅咒唯有双鱼玉佩和拥有楼兰王室血脉的人，我看你这长相确实有点像新疆那儿的人，看来你的身世肯定不一般，我那天曾怀疑你就是楼兰王族后裔，或许你真有办法能够破除楼兰王的诅咒，找到宝藏，这样你就能知道自己的身世了。"

听完叶肖的话后，欧阳小枝便看了看戴在她胸前的那块双鱼玉佩，脑海里不由得再一次回想起义父在临死之前给她留下的那张字条。

"你其实不是我亲生女儿，我也不知道你究竟是谁的孩子，你是我当年寻着你爷爷的脚步前去罗布泊考察寻找有关楼兰古墓入口时收养的一个当地的婴儿，那块双鱼玉佩从我收养你的那时候起，就一直被你戴在身上，是一位不知名的神秘人把你亲手交给我抚养的，并且还告诉我只有你长大以后才能控制双鱼玉佩解除诅咒打开楼兰古墓之门，所以爸爸才答应他要把你抚养成人。"

于是她说道："义父说这双鱼玉佩从我一出生，就戴在身上，等我长大以后就能解除诅咒打开楼兰古墓之门，可是我觉得这双鱼玉佩根本没什么特别的呀！它不就是一块普普通通的玉吗？随便在哪儿都能买到，这个和我到底有啥关系？"

叶肖猜测道："这或许是你亲生父母送给你的，总之这东西还有你义父留给你的楼兰古墓藏宝图非常重要，你一定要好好保存，千万别弄丢了。"

"嗯！我知道了。"

闲聊间，叶肖忽然想要吃萝卜，于是对欧阳小枝说："小枝呀！你能不能给我削一个沙窝萝卜吃呀！"

欧阳小枝很快便答应道："好，我这就去给你削萝卜。"

可是当她正在削的时候，却一不小心把手指给割破了，鲜血一下子流了出来，又顺着手滴在了她戴着的那块双鱼玉佩上。

见到双鱼玉佩已经沾上了血，小枝二话不说地拿着厨房纸擦了擦，就在她擦去血渍的那一刻，双鱼玉佩忽然间莫名其妙地出现了一道红色的亮光，那亮光在出现过一瞬间，便消失了，这让她心头一怔，感到万分惊奇。

　　"咦！怎么这玉佩会发出红色亮光呢！"

　　眼见自己手上的伤口还在流血，便没有把刚才看到的这一情况放在心上。

　　"算了，不管了，还是去止血吧！"

第九章　欧阳小枝梦回楼兰

第二天一大早，叶肖从睡梦中醒来，便看见欧阳小枝在厨房里忙活早餐，看到她昨天削萝卜不小心弄伤的手，便在一旁关心地提醒道："早安呀！小枝，你昨天削萝卜的时候不小心把手给伤了，这一次切菜的时候你可一定要注意啊！"

欧阳小枝见叶肖如此关心自己，心里一阵高兴，转过脸笑着对他说："早安呀！叶肖，没想到你今天也起这么早呀！谢谢你的关心，昨天受伤的手指头贴了创可贴已经没事了，你不用担心，你现在去洗脸刷牙吧！等会儿早饭就做好了。"

不一会儿，欧阳小枝便把早饭给做好了，看着那丰盛而又美味的早饭，叶肖不由得食欲大增，吃了一大口炒面，禁不住对欧阳小枝的厨艺赞美了一番。

"嗯！这炒面的味道可真香，真好吃呀！没想到你的手艺现在是越来越进步了。"

欧阳小枝则一边面带微笑一边说道："因为这些天早上吃饭，一般都是你做那些西式早点给我吃，所以今天就换我露一手厨艺，让你尝尝我们传统的中式早点，除了炒面我还给你做了鸡蛋灌饼，还有煎饼果子和广东肠粉，你可要细心品味哟！"

叶肖一听还有这么多好吃的东西，心里一阵激动和兴奋，说道："哇！想不到你一下子还做了这么多好吃的东西呀！真是太棒了，我可真要一点一点地品尝，今天可真是大饱口福呀！"

说完，他便把欧阳小枝今天做的一些其他好吃的早点全都吃了个遍，看着他今天的胃口竟然这么好，却表现出一副难看的吃相，欧阳小枝觉得既滑稽又可笑，笑道："你慢点儿吃，别噎着了。"

叶肖吃完早饭后，便舒舒服服地揉了揉自己的肚子，脸上露出很满足很享受很惬意的表情，说道："哎呀！吃饱了，能吃到这么美味的东西真是大饱口福呀！"

欧阳小枝则在一旁笑着说："你喜欢吗？你如果喜欢我就天天做这样的东西给你吃。"

"我当然喜欢呀！不过天天让你做好吃的东西，这样实在太辛苦你了，我也可以做早饭给你吃嘛！"

这时候，欧阳小枝又说道："因为今天对你来说可是个特殊的日子，所以我得为你做点什么，待会儿我要出去一趟买点东西。"

听完她的话，叶肖感到有些疑问。

"你要买什么东西呀！另外你能告诉我今天是什么特殊的日子吗？"

"这个嘛！"

欧阳小枝在说到这儿时，便给叶肖抛来一个神秘让人琢磨不透的眼神，然后接着说："等你下班回来以后就知道了，另外下班之前不要去你们食堂那儿吃了，你得回家吃，因为这日子对你来说很重要。"

"哦！我知道了，听你的就是了。"

说完，叶肖便收拾了一下上班要带去的东西，离开前又对她说道："昨天宫本俊没派人挟持你，看来他已经不敢对你下手了，可是你出门还是要加倍小心呀！我还是会派警务人员跟踪你保护你的，你也要保护好你自己，因为他不敢派人对你动手不等于说他放弃了想要得到楼兰宝藏的念头，所以你一定要小心。"

"嗯！放心，我会照顾好我自己的，你去吧！"

到警局后，叶肖第一件事就是向王浩询问有关中村正雄这个人的身高，还有形象特征以及身份这件事。

"昨天我让你查的那些有关中村正雄这个人的资料和身高，你查过了吗？"

王浩点了点头回答说："嗯！查过了，他身高一米七，是一名出色的企业家，出生在日本东京，毕业于早稻田大学，学的是化学和市场经济，无任何信仰。"

"还有呢？"

"就这些了。"

听完王浩查出的资料，叶肖便在脑海里回忆起昨天从走私罪犯朱枫口中所描述的那名黑衣人特征，再加上王浩刚才所查出的资料一对比，不由得自言自语道："昨天朱枫说宫本俊的身高有一米七，中村正雄身高也是一米七，而且两人胸前同样戴着一块勾玉，莫非他俩是同一个人？"

"怎么？你还在怀疑中村正雄就是宫本俊呀！"

"是呀！要不然张大师那天怎么会让那只用来感应东西的乌鸦停在他的工厂那儿呢！"

说到这儿时，叶肖又想到了一个人，于是便问道："对了，当初在龙泉观那儿发现张大师遗体时，我让你和在日本那边的唐龙取得联系，让他查明一下宫本俊到底有没有死，他现在的情况怎么样？有没有在那儿发现什么？"

王浩立马摇了摇头回答道："没有，暂时没发现，不过他在那边说若是有发现一定会告诉我们的。"

"我知道了，不过我现在还有件事想拜托一下他。"

"什么事呀？"

"就是让唐龙在日本那边查一查勾玉戴在人身上到底有什么作用，还有就是把中村正雄在日本那边的家庭背景和资料也给查一查，你现在就去发报告诉唐龙，另外我现在要再次会一会中村正雄。"

"是！"

不大一会儿，叶肖来到中村正雄的工厂，并联系上了中村正雄。

来到中村正雄的办公室，叶肖带着一脸歉意的表情，很是诚恳地给中村正雄道了歉，尽管他心里头并没有消除对中村正雄的怀疑，但是为了能够更接近眼前这位嫌疑人并且赢得他的信任，以便在他身上搜寻更多证明他就是宫本俊的证据，只好装作一副满怀歉意的样子以道歉的名义让中村正雄能够放松警惕。

"中村先生，上次真是不好意思，因为一场误会让您蒙冤受屈，无缘无故进了警察局，所以我这次过来向您赔罪，另外给您带了两瓶好酒，还有一箱子水果，希望您能收下。"

而此时的中村正雄则一脸客气地面带微笑，心里头似乎一点儿也没有把他上次无缘无故被警察抓去审问的事放在心上。

"没关系，没关系，上次只不过是一场误会，我并没有放在心上，在我们日本也经常出现警察抓错犯人的情况，既然误会澄清了那就没事了。你们中国人有句古话叫作清者自清，只要我认定自己是清白的，哪怕就算被人冤枉了，即使不去刻意辩解，也照样能够证明自己是清白的。"

"哈哈，说得对呀！看来中村先生在我们国家待得久了，对我国的历史文化已经有一些了解了，从这儿可以看得出中村先生应该是一位很有学问的人呀！"

"哈哈，叶警官真是过奖了，我在中国已经待了差不多十年了，对于中国文化知道得还挺多的，我特别喜欢你们中国的历史，　　别是汉朝和唐朝，那可是你们中国历史上最强盛的两大王朝呀！另外，我对你们中国历史上的丝绸之路也很有兴趣，特别是西域历史中的一个名叫楼兰的古国，它曾经是丝绸之路上的枢纽，但到了唐朝时期听说被高昌国给灭了，后来唐朝因为高昌国灭了楼兰的举动而震怒，所以唐朝便把高昌国给灭了，听说楼兰国在灭亡以后，整个城市都被沙子给埋在地下，我对于这段历史非常好奇，所以就花钱投资拍摄了一个名叫《魂断楼兰》的电影，过几天就能上映了。"

听完中村正雄的话，叶肖便一下子对他投资拍电影的事来了兴趣，于是便笑着说道："哈哈，想不到中村先生在我们国家待了十年，还知道了我们国家那么多的历史呀！难怪中文会说得这么好，竟然还知道丝绸之路上有楼兰这样一个不起眼的国家，有空我一定会看看你投资拍摄的《魂断楼兰》这部电影，这个名叫楼兰的国家连我这么一个中国人都不知道，你一个日本人竟然能够知道，我真是感到惭愧呀！"

"哈哈，叶先生千万不要这么说，有些人喜欢历史，有些人不喜欢历史，想必叶先生应该属于后者吧！既然叶先生对历史不感兴趣，就算是不知道楼兰国那也不奇怪呀！"

听到中村正雄在谈到楼兰国之时，叶肖脑海里不由得浮现出一个人的影子，那便是方山，心里头不由得想道："既然方先生和他都对楼兰历史有兴趣，而且两人的身份又都是那么的神秘，不如就把他们两人凑到一起去，或许这样就能发现他们两人身上有什么样的秘密。"

有了这个主意以后，叶肖便对中村正雄说道："我认得一个人，他叫方山，这个人对楼兰历史也很有研究，而且他还曾经去楼兰那儿考察过，我可以把他的名片推荐给你，你若是想要深入研究楼兰国的历史，可以去找他。"

说完之后，他便把随身携带的方山先生给他的那张名片给拿了出来递给了中村正雄，中村正雄接过名片说道："谢谢叶先生，如果有需要我会联系方先生的。"

　　就在这个时候，叶肖突然向中村正雄提出一个请求："中村先生，这是我第一次来您的工厂，看上去感觉很大很气派，您能否带我去厂子里参观一下？"

　　没想到，中村正雄很爽快地答应了叶肖。

　　"没问题，我现在就带你去我厂里到处走走。"

　　说完，中村正雄便带着叶肖一块儿去厂里的各大生产车间以及其他车间转了转，一边转还一边向他介绍着，等到中村正雄带着他把整个工厂全都转完以后，便向他问道："叶先生，觉得我们工厂怎样？"

　　叶肖则一边伸出大拇指一边赞叹道："好呀！实在是太好了，中村先生能够把这么大的一个衣着材料生产厂管理得如此井井有条，实在是很了不起呀！小到一个车间，大到一个工厂都能够把管理做得这样认真细致，实在很不容易呀！"

　　说到这儿时，叶肖便向中村正雄提出了一个请求。

　　"中村先生，我有一个请求，请问您能否答应？"

　　"你说吧！是什么请求？"

　　"我因为第一次见识中村先生经营了这么大一个衣着材料工厂，很想见识一下中村先生的厂子会生产出一种什么样的好产品，所以很想在您厂里挑选一样拿回去看看，好给我女朋友介绍一下你们这儿的衣服生产材质和布料有多么的棒，请问可以吗？"

　　想不到中村正雄没有犹豫就爽快地答应了叶肖。

　　"可以，当然可以，我现在就带你去挑一挑。"

　　一会儿工夫，叶肖便挑到一件刚生产出来的粉红色的布料放在手中，说道："我想这颜色小枝会喜欢的。"

中村正雄笑着称赞道："是吗？看来叶警官是一个对女友非常呵护体贴的好男人呀！另外不要忘了让你女朋友帮忙宣传一下我们的产品呀！如果她喜欢我们的产品。"

"好的，一定一定。"

叶肖接着又道："中村先生，今天打扰您这么半天，非常不好意思啊！我一会儿还有事，先告辞了啊！"

"哈哈，好的，那就让我送送你吧！"

"谢谢中村先生，那就有劳了。"

中村正雄把叶肖送至停车场，叶肖笑着对他说："中村先生，您就送到这儿好了，您能亲自送我，我心里头非常感激，下次有空我会再一次过来拜访您的。"

"好的，若是下次有空我希望能够请你吃一顿饭，正所谓不打不相识，就当是交个朋友吧！"

"难得中村先生胸襟那么广阔，我上次无缘无故抓了你，你既然愿意和我交朋友，就冲你这句话，我交定你这个朋友了。"

"哈哈，能和叶警官这样的优秀人才成为朋友，我中村正雄真是三生有幸呀！既然是朋友的话，我就跟你说明一下上次那只乌鸦为什么会飞临我们厂这儿的原因。前一段时间我们厂接到一个我的日本同胞宫本先生的生意，因为我也是日本人，他出于信任就要求借用我们厂生产出一批特殊材质的布料，等到他生产出一批特殊布料后，便给了我们一大笔钱，然后离开了，没想到他们刚刚离开没多久，我就无缘无故被你们的人给抓了。"

说罢，中村正雄便苦笑了一阵子，听他这么一说，叶肖急忙问道："那你知不知道要借用你们工厂的那位宫本先生长什么样吗？"

中村正雄则摇了摇头道："这个就不知道了，他当时穿着一套黑颜色的衣服，头也是被蒙着的，所以不知道他长什么样，不过他胸口处戴着一块和我一模一样的勾玉。"

听完中村正雄的话，叶肖微微点了点头，然后说道："哦！原来是这样，看来上次把你抓住真的是个误会呀！真不好意思，那天真是太委屈你了。"

"没事，没事，我现在也该回厂里去了，祝你一路平安。"

"嗯！谢谢，那我走了。"

说完之后，叶肖便开着车离开了。

在孙子楚所在的化验室内，经过化验之后的对比，孙子楚终于说出了最后的结果。

"这凶手身上的头套还有你从中村正雄工厂那儿拿来的那件衣服不是同一样东西，里头的材质成分不一样。"

这样的结果让叶肖心中又一次感到有些意外，他心头一怔，问道："你说什么？这两样东西的材质竟然不一样？"

孙子楚点了点头，非常肯定地回答说："没错，这两样布料所用到的材质是不同的，你不用再怀疑中村正雄就是宫本俊了，就算他真的是宫本俊，也不会傻到拿与凶手头套材质一样的东西给你去证明自己就是宫本俊，依我看这宫本俊和中村正雄本来就是两个人，你确实冤枉好人了。"

"可是我还是有点怀疑，宫本俊和他身高都是一米七，而且他们俩胸前都挂着勾玉，难到他们俩就没有可能确实是同一个人吗？"

"在他们国家，胸前挂勾玉那是常有的事，日本人信奉这个，这是他们的信仰。再说了，在南华市这儿像他这种个子的人多了去了，照你这么怀疑，那咱们南华市不晓得有多少个可疑的宫本俊日本人呢！"

孙子楚又接着说:"宫本俊这家伙狡猾得像一只狐狸,他若是想把自己做的事栽赃嫁祸给其他无辜的人,那可是轻而易举的事,中村正雄是个做正规生意的企业老板,偶尔也会做一些慈善事业,跟宫本俊根本就不是一路人,所以你可以完全不用怀疑了。"

他的话让叶肖心里头似乎渐渐放下了一半的怀疑,但却还是没有完全让他相信中村正雄是无辜的,或许只有等到远在日本的唐龙送来有关中村正雄的确切消息,才能够让他彻底打消对中村正雄的怀疑。

到了这天晚上,刚刚下班的叶肖回到家中,却发现客厅里的电灯竟然不是开着的,反而是被一点点零星的烛火给照亮着。

"莫非是停电了么!"他心里头这样怀疑着。

就在这时,他忽然听见欧阳小枝正在饭厅内唱着生日快乐歌。

"祝你生日快乐,祝你生日快乐,祝你生日快乐,祝你生日快乐。"

听到这首歌,叶肖这才意识到原来今天是自己的生日,激动地对欧阳小枝说:"小枝,原来今天是我的生日呀!我都忘了这个日子呢!想不到你竟然这么有心,还记得我的生日,真是太让我感动了,谢谢你。"

欧阳小枝拉着他的手来到饭厅,指着餐桌上一桌丰盛的晚饭,还有蛋糕,带着开心的笑容对他说:"不客气,不客气,你的生日我都一直记着呢!再说咱们两个还用得着说谢谢吗?今天为了你过生日,特意出去订了这么大的蛋糕,还为你买了很多你爱吃的菜,你现在坐下把蜡烛吹灭吧!"

"你能平平安安去外头买菜而不被宫本俊的人给盯上,看来他们是不会对你下手了,我感到非常高兴。"

叶肖说完这话便坐下,闭着眼睛默默在心里头许下他这一生中最想许下的一个愿望。接着,他微微睁开眼睛吹灭了蜡烛,欧阳小枝随即把灯给打开了,然后坐在他对面,面带微笑十分好奇而又满怀期待地问道:

"你刚刚许的是什么愿望呀？"

叶肖很诚实又爽快地回答说："我刚才许的愿望就是想和你永远在一起，我希望能够永远一辈子照顾你。"

说完之后，他一脸激动地握着欧阳小枝的一只手说道："小枝，我答应你，不管这案子有多难，我都一定会尽心尽力地破案，等这案子了结后，我一定娶你。"

欧阳小枝也同样一脸激动地把手放在叶肖的臂上，眼眶中闪烁着感动的泪珠说道："我相信会有那么一天的，我很渴望和你拥有一个属于我们俩的家庭，但愿你能早日破案抓到凶手，等所有的事情全都结束后，我一定嫁给你。"

"嗯！我也相信会有这么一天的，不揪出真凶，我绝不罢休。"

说到这儿时，嘴馋的叶肖看着餐桌上那一桌丰盛的美食，便忍不住流口水，脑海里此时此刻早已不再想其他的事情，一心只想着品尝小枝的手艺，于是说道："小枝呀！你为我做了那么多好吃的，我可不能辜负了你的心意呀！那我现在就不客气了。"

叶肖夹了一大筷子他爱吃的菜，狼吞虎咽地吃了起来，看着他那一副风卷残云般的吃相，欧阳小枝不由得感到十分滑稽可笑，便捂着嘴巴一边笑一边说："慢点儿，慢点儿，小心别噎着了。"

晚上，处在睡梦中的欧阳小枝胸前挂着的那块双鱼玉佩再次发出一道红色的光芒，那道光芒很快就如同一盏小台灯般，将整个房间照成了一片红色。紧接着，所有的红光忽然之间集中在一个点上，变成为一个红色的圆圈，而睡梦中的欧阳小枝这时候竟然梦见自己从床上起身站立，而后进入到这个红色的圆圈之中，随着这个红色的圆圈在房间内消失，欧阳小枝瞬间去往了另外一个世界。

确切地说，这是她梦境中的世界，在这梦境的世界之中，她梦见自己是一个刚出生的小婴儿，正躺在她母亲的怀抱中啼哭着，欧阳小枝一边哭一边看着睡在她身旁的母亲，只见她的这位梦境中的母亲似乎不属于二十一世纪的现代人，因为她穿着一身金色丝绸的衣服，手上戴着银色的镯子，完全是一副带有古代西域丝绸之路上胡人风格的那般打扮，当她转过头看着自己身边的这位母亲时，只见她的这位眼窝凹陷，高鼻子大眼睛，长得带有西亚和中亚人特色的母亲正一脸慈爱地看着她，并说着一口流利的吐火罗语，一脸慈爱地对她说："宝贝儿，欢迎你来到这世界，我是你娘亲，我会永远疼爱你，保护你的。"

吐火罗语据说是古代楼兰国当地的官方语言，在她大学时期学习考古学专业期间，她的义父曾经教过她这种语言，再加上受义父的影响，对楼兰古国的文字和语言颇有研究，因此她能够听得懂吐火罗这种语言。

这个时候，一位头戴皇冠、留着三羊胡子，穿着一身明黄色的丝绸衣服，看上去三十五六岁的中年男子走到她母亲旁边，欧阳小枝很快便猜到，他有可能是楼兰国国王。

"雪莲，听宫女说你刚刚给孤王产下一个公主，还长得十分漂亮，我猜她肯定像你多一点，能让孤王看一看孤王的宝贝闺女吗？"

雪莲则把女儿抱在怀里，然后递给那位楼兰国国王说道："我们的女儿长得很漂亮，不仅像我而且很像你，国王快抱抱她吧！"

楼兰国国王这时候便把女儿抱在怀里，脸上露出作为慈父般喜悦而又开心的表情说道："小宝贝儿，你可真漂亮，你是孤王的掌上明珠，是孤王和母后的心肝宝贝，孤王一定会好好疼爱你的。"

然而就在这个时候，王后给国王提了一个请求。

"国王呀！咱们的孩子没名字呢！你能否给她起个名字呢？"

"好呀！"

国王一边抱着他怀里的女儿，一边在脑子里想了又想，想过一段时间后便想到一个名字。

"咱们就叫她小枝吧！"

听国王起的这个名字以后，王后心里头顿时觉得十分满意，于是点了点头非常高兴地说："好呀！这名字不错，以后我们就叫她小枝吧！"

"小枝？这不就是我的名字吗？"

梦境中的欧阳小枝不由得内心十分惊奇地这样说道，然而就在这时候，她忽然间从睡梦中醒了过来，当她蒙眬睁开眼睛的时候，发现此时已经到了白天，而她胸前挂着的那块双鱼玉佩此刻早已恢复原状。

第十章　唐龙的发现

　　唐龙是驻日本的外事警察，在日本工作的这段时间里他主要负责保护中国侨民的安全，抓捕跨国中国同胞罪犯的工作，他今年 36 岁，身高一米八，来日本这儿已经有三年了，日本名字叫田中龙吉，长着一头卷曲的短发，皮肤有些黝黑，眉毛很淡，样子看上去比较普通，但也不丑，相貌还过得去。

　　叶肖吩咐王浩给远在日本的他发报，要求他调查中村正雄在日本的个人真实信息以及确认宫本俊是否真的死亡，他便带着这两种不同的任务开始对这两个人的身份和准确情况进行深入调查。

　　"国内那边来电报了，欧阳少坤教授被人刺杀，不过他在临死前留下一张字条，供出凶手是一个名叫宫本俊的日本人，可是日本这边的档案却显示这个叫宫本俊的人多年前就已经遭遇一场车祸去世了，所以我得弄清楚国内的那个宫本俊跟出车祸死去的那个宫本俊是什么关系。"

　　听完唐龙的话后，与他共事的另外一个在日本这边工作的外事警察李永清便回应道："那个出车祸的宫本俊几年前真的已经死了，这是千真万确的，有可能不是国内那个宫本俊。"

　　外事警察李永清今年 47 岁，来日本已经有五年了，他负责记录在日华人的所有档案，日文名叫佐藤雄一，相对于唐龙而言，他的皮肤则显得比较白，下巴上留着短短的络腮胡子，并且还戴着一副眼镜，身高差不多一米七五，平时和唐龙的关系比较友好，唐龙刚来日本任这个职务的那一年，承蒙李永清的照顾，让他能胜任他的这份工作。

"你说得可能没错，但最好还是查清楚一下比较好，毕竟这是国内的一起命案，事关重大，我现在得去一趟宫本俊的老家，去他的墓地那儿看一看，看看他是真死还是诈死。"

说完之后，他把另外一个任务交给了李永清。

"老李呀！我现在又有一个任务想要拜托你来完成。"

"是什么任务呀？"

"帮我调查一下中村正雄这位凌云服装材质有限公司大老板的真实身份和个人信息，因为据国内警察局那儿的同事说，这案子和他也有一定的关系，我们现在兵分两路，一定要隐蔽行事。"

李永清拍胸脯，给唐龙打了一个保票，十分爽快地答应道："知道了，这事就交给我，保证让你满意。"

"嗯！有什么情况就及时向我汇报，咱们随时保持通话。"

唐龙穿着一身普通的便衣，乘着一辆的士来到宫本俊的老家，一座木制老宅子映入眼帘，前院门口处写着"宫本"两个字，他提着一袋子准备好的礼品走到门口，便看见一名穿着白色和服的老妇人正在院门前扫地。

"老人家好，请问这是宫本俊家吗？"

唐龙按照日本人的礼仪，很客气地给那名老妇人鞠一个躬，并用一口流利的日语跟她打了声招呼。

老妇人连忙转过头放下手中的扫帚，问道："是的，这是我儿宫本俊的家，不过我儿五年前遭遇一场车祸死了，你找到我们家来有什么事？"

听到这话后，唐龙便在心里头确定这里应该就是宫本俊的家了，而他眼前这位便是宫本俊的母亲，于是他非常机智地回答说："哦！原来爱子伯母呀！那太好了，我这次过来就是拜访您的。"

"拜访我的？"

老妇人一脸疑惑地问道，唐龙便说道："爱子伯母，难道您不认得我了吗？我是吉田呀！吉田川呀！小时候经常来你家和宫本君一起玩的发小呀！"

吉田川是宫本俊小时候的邻居，两人从小就在一块儿玩一块儿长大，可谓是亲如家人，情同手足，然而可惜的是，在宫本俊十七岁那一年，吉田川随父母搬迁至南非，从那以后两人基本上再也没有联系过。

唐龙之所以要冒充他，是因为他的年龄正好与吉田川一般大，另外一个原因就是因为吉田川已经有好些年没回日本，就因为这两种有利条件，更能让他接近宫本俊的母亲，以便深入了解宫本俊这个人的真实身份和情况。

"你真的是吉田川？你还记得你是什么时候搬迁至南非的吗？"

戴着一副印有吉田川面容的电子面具的唐龙在冒充他之前，已通过吉田川这个人的个人资料，对其了如指掌。

"我是在十七岁那一年和我爸妈一块儿搬走的呀！在搬走之前我因为舍不得宫本君，而宫本君也舍不得我，我们俩还抱在一块儿哭过一场呢！"

"那你还记不记得你妈妈叫什么名字？爱吃什么菜吗？"

看来，老妇人对于唐龙冒充的这位吉田川还是有几分警惕之心，只见她一边问一边用那犀利的目光注视着。

"我妈以前叫山崎英子，现在叫吉田英子，我爸叫吉田村夫，小时候呀，我妈最爱吃的就是照烧鳗鱼，自从和您成为邻居以后她就总吃您做的照烧鳗鱼，她到现在还念念不忘您做的照烧鳗鱼呢！"

眼见唐龙回答得那样准确，老妇人便微微点了点头，渐渐放松了对唐龙的警惕，可是这还没能让她完全打消对唐龙的顾虑。

"嗯！没想到你妈还记得我给她做的鳗鱼呀！那她是否还记得你们一家人在搬迁之前，来我们家吃过了一餐饭，吃的什么饭喝的什么酒，你和她都还记得吗？当时你也在场，不可能不知道吧！"

这一问可把唐龙给难坏了，因为根据他所背诵的有关吉田川的资料上根本就没有老妇人问的这个问题，这让他一时半会儿变得有些一筹莫展，心里感觉很是为难，因为他心里头知道宫本俊的母亲这是在有意测试他，若是回答不上来或是回答错误那可就露馅了，这可怎么办呢？

犹豫再三后，他最终还是豁出去了，于是故作镇定地回答说："爱子伯母，你咋对以前的事那么清楚呀！这我当然知道呀！当时吃的就是我妈爱吃的照烧鳗鱼，还有生鱼片和咖喱饭，没有喝酒喝的是绿茶。"

唐龙刚一说完，心一下子就提到了嗓子眼儿，不清楚他猜得到底对不对，因为咖喱饭和生鱼片本来就是日本人餐桌上必不可少的两样菜，除了吉田川母亲最爱吃的照烧鳗鱼以外，再加上据他从资料上查看的关于宫本俊一家平时只爱喝绿茶不爱喝酒的习惯，所以便想到了这样两个答案。

然而，令他没想到的是，他居然歪打正着，一下子猜对了，只见老妇人非常开心地点了一下头，用认可的态度对唐龙说："嗯！看来你应该就是吉田川了，进屋坐一坐吧！"

等到他和老妇人盘膝而坐品着绿茶，他便说道："哇！想不到爱子伯母的绿茶还是和小时候一样那么好喝呀！"

老妇人于是笑着对唐龙说："嗯！你喜欢就好，想不到你还是这么爱喝我们家的绿茶呀！我刚才那样子问你其实是想试探一下你，看看你是不是真的吉田川，如今这社会复杂，而且你又多年没回日本了，所以很多时候不能不防呀！"

"了解，了解，我这次回日本是因为早在五年前得知宫本君出了车祸，当时因为在南非有事一直耽误没机会回来，所以才拖到现在，这是我从南非那儿带来的特产，请爱子伯母笑纳。"

老妇人接过唐龙给她准备的两袋子南非特产，笑着说："谢谢，谢谢，想不到这么多年不见，你也变得这么有出息了。"

"不瞒您说，我现在在南非那儿当上大老板了，有时候经常忙得不可开交，所以说呀！我很难能够回一次国。"

"不管怎么说，回来就好，你母亲现在怎么样？"

"我妈身体还好着呢，本来她也要跟我一块儿回国，我看她年龄大了远行不方便就没带她过来，听说宫本君出车祸，她也很难过的，我这次回来主要是想去宫本君坟前祭拜一下，看一看他，伯母能否带我去？"

"能，当然能，你和我家阿俊是从小玩到大的，当然应该带你去看一看。"

"伯父现在怎样了，怎么没看见他呀？"

"你伯父去年已经去世了。"

"哦！那太遗憾了。"

"你怎么不问问宫本次郎呢！"

听到这个名字，唐龙心头一怔，一下子就懵了，重复道："宫本次郎。"

"是呀！就是宫本俊的弟弟，你该不会把他忘了吧！你小的时候也经常和他一块儿玩的。"

一听这话，唐龙心里头顿时就慌了神，过了很久才反应过来，在心里说："原来宫本俊还有一个亲弟弟呀！"

调整好心态以后，他故作镇定地点了点头，说道："嗯！记得记得，您不说我还真的差一点把他忘了，他现在过得还好吗？"

"他现在去中国那边发展了，在一家日本企业单位做事，混得还不错。"

就在这个时候，忽然间堂屋里头的钟声响了，敲打了十下，老妇人这时便站起身向唐龙打招呼道："我现在失陪一会儿，要去一趟堂屋做一下法事，做完法事以后就带你去看看宫本俊的墓。"

"伯母请便。"

老妇人朝唐龙微微点了点头，鞠了个躬，便穿着木屐鞋朝堂屋的方向走去。

十分钟后，老妇人便回来了，很细心的唐龙这时发现她脖子上戴着一样好像玉佩的东西，于是问道："伯母，您脖子上戴着的是什么东西呀？"

老妇人看了看她脖子上戴着的那块勾玉，便解释说："你说这个呀！这是我们神道教承载着灵魂的八尺琼勾玉。"

"八尺琼勾玉？"

"没错，这是咱们日本天照大神的三样宝物之一，与天丛云剑、真经津之镜并称神道教的三样神器。"

唐龙听到"八尺琼勾玉"这个东西时，脑海里不由得想到远在中国南华市的叶肖通过电报嘱咐他的另外一件事，那就是查清楚勾玉的用途，于是他便问道："伯母，您能讲一下这'八尺琼勾玉'有什么作用吗？"

"当然可以，不过你们一家从来不信任何宗教的，怎么你突然间对这个感兴趣呢？"

"因为好奇嘛，所以问问。"

"好吧！反正说了你也不一定懂，但是告诉你也无妨，这'八尺琼勾玉'戴在脖子上只要施展法术念动咒语，就可以用意念和另外一个戴着这东西的人进行心灵沟通。"

唐龙便在心里默默记下了老妇人所说的每一句话，却在表面上装作一副听得云里雾里很懵懂的样子说道："虽然我听不太懂，但还是可以理解的。"

　　老妇人一边摇头一边说道："我们家自从阿俊出车祸以后，便信了神道教，以求他能够在那边的日子过得好一点，来世投个好胎。"

　　说完以后，她便再次站起身然后对唐龙说："走吧！我现在带你去阿俊坟前看一看。"

　　老妇人带着唐龙来到一座公墓，并且找到了宫本俊的墓碑，只见那墓碑上贴着宫本俊的黑白遗像，写着他的出生至死亡的时间。

　　"这就是阿俊的墓，阿俊在遭遇车祸当天并没有忘记你，还念叨着你的名字，盼着你能从南非那儿回来见他最后一面，可是你回来的还是太迟了。"

　　说完这话后，老妇人的脸上露出一副悲伤的表情，而后便情不自禁地流下眼泪，唐龙则模仿着吉田川的口吻安慰道："伯母，您别难过了，既然事情都已经发生，再说又过去了这么多年，您还是要多保重身体，节哀顺变，我想宫本君的在天之灵也不希望您一直为他伤心难过。"

　　唐龙说完，便献上一束他为宫本俊准备的鲜花，朝着墓碑鞠了个躬，然后说道："宫本俊，我来看你了，可惜还是来迟了一步，愿你的在天之灵能够早日得到安息。"

　　老妇人看见不远处有两名穿着制服的墓地管理人朝着他们俩站着的方向缓缓走来，于是她急忙一把将唐龙的手拉着就朝公墓大门口的方向走去，似乎想让他赶紧离开，嘴里头还一边催促道："好啦！好啦！你的心意已经到了，你先离开吧！我现在还有事，你还是先走吧！"

　　见到她这一突如其来的举动，出于职业的本能，唐龙很快便意识到她可能隐藏着不可告人的秘密，为了麻痹宫本爱子对他个人身份怀疑的意识，他故意装作一副一头雾水而又无可奈何的样子说道："为什么呀！我好不容易能回一趟日本看看阿俊，就让我在阿俊面前多哀悼一会儿吧！还准备在你家多待几天叙叙旧，为什么您突然间要赶我走呢！"

老妇人则连忙解释说："不是要赶你走，是因为今天我有重要的事情需要处理，要不你就在日本多待几天，改天再来看我。"

"可是……"

"好啦，好啦，走吧！"

"好吧！那我走了。"

唐龙说完之后，便头也不回地离开了公墓，但是他却并没有就此离去，而是在一个老妇人发现不了他的地方躲了起来，心里想着："为什么这么快就让我离开呀！肯定有不可告人的秘密，让我看看是什么秘密。"

随即，唐龙便将他手臂上戴着的如同手表一般大小的微型无人机给启动了，然后又戴上了 VR 眼镜，用手腕上的遥控器控制着微型无人机的行动，昆虫一般大小的无人机停留在老妇人头顶上方的大树那儿，唐龙听到她和两名公墓管理者的谈话。

"这个墓的租用期限已经到期了，既然这墓里头根本就没有埋人，就请你允许我们把这墓转让给其他死者使用吧！"

听到那其中一名公墓管理者这么一说，唐龙心头不由得一怔，很小声地自言自语道："什么？原来宫本俊真的没有死。"

为了从那两名公墓管理者口中得到更多的消息，唐龙便继续听着他们三人之间的谈话。

另外一名公墓管理者说道："没错，现在日本有那么多刚刚死去的人，他们的家属急需找到一块墓地埋葬，况且我们公墓能埋葬的地方又那么少，你不妨行个方便把位置空出来让给别人，既然这墓里头没有死人，那就不要白白占那么多地。"

面对着那两名公墓管理者一脸严肃的表情和命令的口吻，老妇人便只好陪着一张笑脸带着讨好的语气说道："求你们俩大发慈悲，再宽限一段时间吧！我们再出双倍的租金，因为我儿子现在在中国那儿从事着一件很特殊的事，这件大事他若是干出来的话，我们日本将会名扬世界，成为揭开古楼兰国沉睡奥秘的第一国家，他可是在为世界做贡献呀！所以暂时不能让人知道他现在还活着，你们以后想让我们出多少钱，我们就出多少钱，麻烦行个方便吧！我会代表黑龙会感谢你们的大恩大德。"

听到这话后，两名公墓管理者顿时愣住了，他们面面相觑，感觉眼前这位大娘似乎是一个不好惹的角色，于是其中一名公墓管理员便说道："那好吧！就再让你续租一段时间，只要给足金钱就够了。"

"谢谢，谢谢。"

老妇人一边不停地说谢谢，一边不停地给那两名公墓管理者鞠躬。

唐龙一边收起他的那架微型无人机，一边重复着他刚才听到的话。

"揭开古楼兰国沉睡的奥秘？究竟是什么奥秘呢！"

他摘下戴在脸上的电子面具，然后叫上一辆出租车开往他订的宾馆那儿，可是到了晚上休息的时候，他突然间被房间里头的一阵浓浓的烟雾给迷得不省人事了。

当他醒来以后，却发现他和李永清两人竟然被人反绑在一间密室里，当他见到李永清后便一脸惊讶地问道："老李，你怎么也被关在这里？你还记得绑架你的是一些什么人吗？"

李永清这个时候也同样一脸疑惑地看着唐龙问道："老唐？原来是你呀！怎么你也被他们捉住了呢？"

"我正想问你呢？你不是去中村正雄住的地方去调查他的信息吗？"

"是呀！我是按照警方提供的地址去调查过了，可是谁知道当地人却说不认识这个人，说中村正雄的家不在这里。"

“什么？那这么说来中村正雄的档案都是假的？”

“是呀！后来我想离开的时候被人给打晕，然后带到这里了。”

“哦！是这样呀！”

“你呢？你又是怎么被他们关在这里的？”

“我嘛！……我……”

还没等他说完，一个熟悉的身影带着她身旁的几个人忽然间出现在他面前，定睛一看，原来是宫本俊的母亲宫本爱子，只见此时的她正怒气冲冲地盯着自己厉声责问道：“快说，你冒充吉田川到底有什么目的？如果不是因为真正的吉田川回来看我，我还差一点让你给骗了。”

说完之后，她一下子就摘掉她身旁一个人脸上戴着的面具，原来是真正的吉田川。

“给你看一看，他才是真正的吉田川，你冒充他来我家究竟有什么目的？”

这个时候，真正的吉田川便开口说话了。

“你们一个故意冒充我接近我伯母，一个寻找中村正雄的家，到底有什么可图，你们是不是知道了我们黑龙会的秘密？快说！”

面对着他们俩的这一质问，唐龙和李永清没有把实情交代给他们，因为他们心里头都很清楚，一旦说出实情将会被他们杀人灭口，性命就会不保。

这个时候，李永清急中生智编出了一个合理的谎言，于是笑着说：“是这样的，我们得知中村正雄在中国那儿开了家很大的公司，他应该很有钱，所以我们便按照他的个人信息和地址想要去绑架和勒索他的家人，没想到却让你们给发现了。”

唐龙这时便对真正的吉田川说：“是呀！我们只不过是一般的绑匪，我因为从在警察局那儿偷来的资料上看到你已经有很长时间没回日本了，又了解到宫本俊家族的人很有钱，就冒充你想要捞上一笔，就这样简单。"

李永清这时候接着唐龙的话说道："是呀！是呀！我们只是单纯的劫匪，不知道黑龙会的什么秘密，就是为了混一口饭吃，你们就放了我们吧！"

而老妇人却依旧对唐龙冒充吉田川的行为表示怀疑，便再一次质问道："既然你是想打劫我的，那为什么我把你从公墓那儿赶走以后你就一直没来打劫我呢？你分明就是说谎！"

机智的李永清这时立马缓解道："打劫这么大的事哪能他一个人干呀！所以他在宾馆里头的时候就跟我通电话的，准备明天一块儿行动的。"

听到李永清这么一说，吉田川似乎相信了他们俩的这番话，但却并没有想要放过他们。

"哦！看来你们真是劫匪呀！你们打劫的事我可以不管，但是你们不应该打劫宫本家族，更不应该冒充我，竟然打劫到我们黑龙会头上来了，你们是吃了熊心豹子胆是吧！算了，反正你们俩留在这世上也是个祸害，不如就让我替警察了结了你们吧！"

说完，他便掏出一把无声手枪对准了唐龙和李永清，接着只听见砰的一声……

第十一章　一部奇葩的电影

另外一方面，远在国内的叶肖和欧阳小枝此时已经来到方山家中，谈论起那天欧阳小枝突然梦见自己就是楼兰国公主的那件事。

"我那天晚上做梦梦见自己就是楼兰国的公主，而且刚刚出生没多久，还梦见我的父皇和我的母后，更让我奇怪的是梦里边的我也叫小枝，方先生，您知道这梦境是什么意思吗？"

叶肖这个时候便说明了他和欧阳小枝二人此刻过来找方山的来意。

"方先生，从和您上次见面时的谈话中我看得出您对楼兰王国，还有小枝的身世以及双鱼玉佩很是了解，我想您可能对小枝能够做梦梦见古楼兰国的事有些了解，请问这是否跟双鱼玉佩以及楼兰宝藏的秘密有关？"

听到叶肖这么一问，方先生品了一口茶，沉默了一会儿，说道："我想可能确实有关系，我记得你们俩那天来我家的时候，小枝说是一个神秘人把她托付给欧阳教授抚养的，说她从一出生就戴着双鱼玉佩，长大以后就能控制双鱼玉佩解除诅咒打开楼兰古墓之门。"

说罢，他便透过面具上的眼睛那儿的两个孔洞，把目光转向欧阳小枝对她说道："我想你能梦见楼兰国，这个可能是双鱼玉佩的作用。"

欧阳小枝则疑惑不解地重复着方山先生对她说过的话。

"双鱼玉佩的作用？"

"没错，你还记不记得你梦见古楼兰国的当天，双鱼玉佩有什么变化吗？"

于是，欧阳小枝便回忆起她梦见楼兰古国的当天，发生过的一些事。

"我记得那天因为叶肖过生日，吃完生日蛋糕以后他让我去厨房切一个萝卜，结果在切的时候把手给弄破了，沾了许多血在玉佩上，然后玉佩突然间发出一道红色的光芒，可是后来却又消失了。"

听到这儿时，方山不由得激动万分，但是因为戴着面具，所以看不出他此刻脸上是什么样的表情，只见他激动地指着欧阳小枝说道："对，没错，就是这种反应，当你的血滴到玉佩上后，玉佩发光，说明你的身上有楼兰王室的血液，你应该就是楼兰古国王室的后裔。"

方山的话，让叶肖也感到万分震惊，他露出惊讶的表情看着身旁的欧阳小枝，同样一脸激动地说："原来你真的是楼兰古国王室的后裔，看来我那天猜得没错呀！"

方山又对欧阳小枝说道："玉佩的这一反应就是最好的证明，既然你义父留下那封信说你长大以后就能控制双鱼玉佩解除诅咒打开楼兰古墓之门，也许就是那个神秘人当初把你交给你义父收养时，说的这个秘密，你日后睡觉做梦的时候可能还会梦见楼兰古国，解除诅咒的关键就在于你做的这个梦。"

听方山这么一说，欧阳小枝一下子就明白了他说这话的意思。

"方先生的意思是说，我的个人身世还有解除诅咒的办法就在我的梦里头吗？"

"没错，是这意思。既然你现在已经长大了，就有能力控制这双鱼玉佩的力量，掌握力量的关键就在于你做的这个梦，等到你做完所有有关楼兰国的梦后，我建议你去一趟新疆罗布泊那儿，你就自然而然知道你的身世了，你也不要管是谁杀了你义父的，他毕竟又不是你的亲生父亲，你只管弄清楚你的身世就可以了。"

没想到，欧阳小枝依旧断然拒绝方山先生的提议。

"不，绝不可以，义父对我有养育之恩，如果不把害死他的人给找出来，我是决不罢休的。"

叶肖的态度此时也和欧阳小枝一样，是那样的坚定。

"没错，我也一样，欧阳教授不可以白死，我也一样会把杀害欧阳教授的凶手给找出来。"

听完叶肖的话后，方山假设性地问道："那万一要是找不出凶手该怎么办？"

没想到叶肖想要寻找凶手的信念和决心还是那样坚定。

"就算是找不到，那也要找，天网恢恢疏而不漏，就算他躲得了一时那也躲不了一世，我相信一定能够找出杀害欧阳教授的凶手的。"

欧阳小枝也说道："对，没错。"

见到他们俩想要找出凶手的想法和决心还是那样一致，他便用那听似遗憾而又无奈的语气先是叹了口气，而后声音低沉地说道："哎，好吧！"

然而就在这个时候，一名女仆把一名中年男子从大门外给引了进来，只见那名中年男子手里头正提着两大盒礼物，那两大盒礼物看起来非常贵重，看得出他应该是一位大老板而且还是一位在社会上有头有脸的人物，不然就不会出手那么阔绰。

"方先生，您好您好。"

叶肖听到这个人的声音，便知道他是谁了，因为这个声音他熟悉，这是中村正雄的声音。

"中村正雄？你怎么到这儿来了？"

此时的中村正雄则顺着那一阵熟悉的说话声音定睛一看，心里头同样感到十分惊讶！

"叶警官？怎么你也在这儿呀！"

说完之后，他又看了看坐在叶肖身旁的欧阳小枝，于是便打招呼道："欧阳小姐，想不到你也在这儿呀！"

当方山见到眼前这名突然到访的陌生客人时，便问道："你叫中村正雄是吧！请问你此次到访有何见教？"

中村正雄这时则按照中国人的礼仪很有礼貌地给方山打了一声招呼。

"方先生，是这样的，前一段时间叶警官来到我工厂那儿登门拜访的时候，他和我提到了您，因为我个人对中国西域的历史比较感兴趣，而且还很有研究，他便把您的名片推给了我，我听叶警官说您对古代楼兰国的历史很有研究，正好我也喜欢研究古代楼兰国的历史，所以就想拜访一下您，想要多向您请教请教。"

"哦！是这样呀！来，请坐请坐。"

说罢，方山便给中村正雄让了一个座位并亲自为他倒了一杯绿茶，于是中村正雄便在客厅内的沙发上坐了下来。

"谢谢方先生，方先生实在太客气了，竟然亲自为我斟茶。"

方山笑着说："这是咱们中国人的传统礼仪，正所谓远来便是客，主人在面对客人的到来之时总得要尽一份地主之谊，这是我应该做的。"

等到中村正雄在品过一口茶之后，方山便问道："怎么样？我们中国的绿茶比起你们日本的抹茶如何？"

中村正雄则微微点了点头，在品尝过一口茶放下杯子以后便说道："这茶真香，跟我们日本的绿茶比起来口感一样醇厚，我们日本的茶道起源于你们中国，抹茶文化起源于中国的隋唐时期，要论茶道我们日本跟你们中国比起来可差远了，你们中国有这样一句古话，那就是姜还是老的辣，说的就是这个道理。"

这个时候，叶肖便在中间插上了这么一句："我们中国还有一句古话，叫青出于蓝而胜于蓝，虽然你们日本的茶道起源于我们中国，但是经过这上千年的发展想必也形成一定的火候，仍旧保留着我们中国古代的饮茶文化，应该有资格与我们中国的茶道文化相提并论了吧！但是不管是什么样的茶，都不需要互相之间一争高下，只要好喝就足够了。"

听叶肖这么一说，中村正雄便笑了起来，声音很是温和地说："还是叶警官对喝茶的认知程度比较高呀！说的一席话果然很有见地。"

说完之后，中村正雄便从口袋里掏出十张《魂断楼兰》的电影首映券放在茶几上，然后接着说道："言归正传，我这一次来主要是想请方山先生观看我们公司投资拍摄的《魂断楼兰》首映，因为得知方先生对古楼兰历史和文化很有研究，所以就想请方先生观看一次我们的电影，等电影结束后给一点意见给一点评价，说一说需要改进的地方，电影里头描述的古楼兰历史到底正不正确。既然叶警官和欧阳小姐也在这儿，我顺便也请你们去观看一下，希望你们能够赏个脸。"

紧接着，他又将他给方山先生准备的两样贵重的礼物在方山先生面前一边展示一边说道："这个是上等的帝王绿手镯，是我托人从缅甸那儿买来的，它是纯粹的帝王绿，世间罕有，戴在您老手上能够延年益寿，对身体很有好处。这个是我国出产的上等高木药酒，价格不菲，喝了身体很健康，希望您能收下。"

见到中村正雄竟然送给自己如此贵重的礼物，方山心里头很快便意识到，他一定是有事相求，于是面带微笑地问道："这么贵重的礼物，你都舍得送给我，我真是有些受宠若惊了，但是我想你的礼物肯定不会白白送我吧！你肯定是有事相求，你不妨直接说一说。"

听完方山的话后，中村正雄便非常高兴地笑着说："哈哈，方先生果然快人快语呀！既然如此那我就直说了吧！我除了想让方先生帮忙给我的那部有关楼兰古国题材的电影提一下意见以外，还想和方先生交个朋友，自从叶警官把您的名片推荐给我以后，我就在电脑上查阅了有关您的个人资料，对于您的个人身份有了一定的了解，资料上面写着您曾经是著名考古学家彭军的学生，因为一次意外毁了容，所以直到现在还戴着面具，您从事楼兰古国研究已经有三十年了，还曾经获得过无数个有关于考古界的荣誉奖章。"

听完中村正雄的话后，方山苦笑了一下，然后说道："哈哈，你说的那些都是过去的事了，我现在都一把老骨头早就不中用了。"

中村正雄对方山说："方山先生，您这样说就不对了，正所谓宝刀未老，尽管您已经上了年纪，但是您的成就与荣誉还是摆在这儿的，我希望以后能成为方先生的学生和朋友，能够从您这里学到有关古楼兰的历史。"

方山见他如此很有诚意地想学习楼兰国历史，又想到认识一个这么有经济实力的朋友对自己是有好处的，于是便答应了他。

"好吧！看你这么有诚意的份上，我就答应你吧！"

眼见方先生这么爽快地答应了自己，中村正雄激动地握着方山的手说道："多谢方先生能够看得起我这个晚辈，以后希望方先生能够多多指教。"

"哈哈，中村先生太客气了，你肯用心学习我们中国悠久的历史文化，我心里头非常高兴，就冲着你这份好学精神，我就不得不答应你了。"

方山又问道："对了，你的那个《魂断楼兰》的电影首映什么时候可以看？"

中村正雄回答说："今天就可以看，晚上八点钟准时开始。"

说完之后，他把目光转向叶肖和欧阳小枝，然后问道："叶警官、欧阳小姐，你们需不需要也一块儿去看一看？"

欧阳小枝心情很愉悦地答应了中村正雄道："我最喜欢看电影了，而且我也很想见识一下你拍的《魂断楼兰》，我们俩当然要去。"

"好的，那今晚八点拿着这张票券去南华国际影城，我在那儿等着你们。"

"好。"

到了晚上八点左右，叶肖和欧阳小枝还有方山和他聘请的保镖陈国强四人很准时地来到电影院，中村正雄以出品人的名义给他们四人安排了四个最好的座位后，便和他们坐在一块儿看电影，而他们周围的所有座位此时也已经全部坐满。

当《魂断楼兰》这部电影一开播，叶肖和欧阳小枝便让这部电影里的神剧情给雷到了，只见这部电影里各种弱智奇葩的情节都有，而且整部电影竟然还是一部侮辱人智商的穿越题材电影，讲述的是一个名叫苏铭的考古学家在楼兰罗布泊发掘现场时因为一次意外穿越到楼兰古国，并且还和楼兰公主相恋，后来莫名其妙地碰到一群外星人开着飞碟攻打楼兰，后来楼兰因为外星人的进攻化为废墟，主角最后从考古现场中醒了过来，这才知道原来是自己做了一场梦。除此之外，这部电影还犯了一些常识性的错误，借楼兰公主之口把楼兰说成是一个汉人建立的国家，罔顾史实，有许多观众在看到一半后便纷纷离去。

等到电影结束以后，方山便十分严厉地指出中村正雄的这部奇葩电影中的几个错误。

"你这电影不仅剧情奇葩，演员的演技也不行，更重要的是电影里头有关楼兰国的历史也说错了。首先楼兰不是一个汉人建立的国家，它在公元二世纪前就已经存在了，楼兰古国属西域三十六国之强国，与敦煌邻接，公元前后与汉朝关系密切，公元630年被高昌国所灭毁于战火，后来被埋在黄沙之下，而你这电影里头居然说楼兰是被外星人所灭，这样的情节观众肯定不会喜欢，有空我会多给你讲一讲有关楼兰的真实历史。"

这个时候，站在方山身旁的陈国强也说道："这部电影确实没拍好，里头的恶搞情节太多了，对于故事的发展不是那么严谨，很无厘头，让人看不懂这到底是什么片子，而且里头不该出现外星人，总之你这部电影确实需要改进一下。"

叶肖和欧阳小枝这时候也向中村正雄提了意见。

"中村先生，你投资拍电影首先得要跟导演商量好是什么题材的，另外一点就是故事情节要严谨一些，不能出现过多的神剧情，这样拍出来的电影或许要好看一点。"

"没错，叶肖说得对，你这里头的故事情节确实需要改，你得先迎合观众的口味，多听听观众的意见，对待历史要严谨，不能胡编乱造。"

听完他们四位的评价后，中村正雄朝他们鞠了个躬说道："谢谢四位的意见，我也觉得这片子确实没拍好，估计我的投资这回肯定要亏本了，因为我看见中途有很多观众纷纷离场，不喜欢这个片子，改天我请你们一起吃个饭，一块儿讨论讨论如何重拍这个片子，好挽救我的亏损。"

说完之后，他便对方山说："方先生，从明天开始我就去你那里向你请教和学习一下楼兰历史。"

方山点了点头说道："嗯！你是该多多向我请教一下子了，我会多教教你一些关于楼兰的历史，有机会希望你能拍出一部优秀的楼兰题材的片子。"

"嗯！谢谢方先生。"

晚上，欧阳小枝便很快进入梦乡，随着她胸前挂着的那块双鱼玉佩发出的一道红色的光芒，她再一次继续着楼兰古国里的梦境。

这一次，她在梦境中见到自己的父王，此时正在与一名进入寝宫前来报到的大臣说话，只见那名大臣单膝跪地按照西域楼兰人的礼仪汇报道："禀告国王，高昌国使者求见。"

面对着高昌国使者的到来，楼兰王则是一副厌恶且又排斥的态度摆了摆手道："不见，不见，高昌国向来有吞并我楼兰国的野心，他们的国王派使者前来估计又是提议想让本王同意归顺之事，你就去告诉那名使者，让他回去给他们高昌王鞠文泰带信，就说我们楼兰国坚决不同意归顺高昌，让他们死了这条心吧！"

然而，那名楼兰大臣接下来的汇报让楼兰国王不得不见。

"可是那位高昌国使者说一定要见您，他说如果见不到国王的面就等于说我们楼兰国不把高昌国放在眼里，高昌王鞠文泰就会找借口对我们发兵。"

听完那名大臣这么一说，楼兰王便怒道："岂有此理，连一个小小的高昌国使者都敢这么嚣张，本王就亲自会会他。"

楼兰王便在朝堂之上会见了那名高昌使者，只见那名高昌使者一脸嚣张地站在台下，似乎一点儿也没把楼兰王放在眼里，见到他这一副嚣张且又狂妄自大的模样，楼兰王便决定给他一个下马威。

"见到本王还不跪下。"

高昌使者一脸傲慢地站在原地一动不动，用藐视的眼神看了一眼楼兰王，说道："我乃高昌国使者，我只会跪我们高昌国国王。我今日前来是奉我高昌王之命劝楼兰王归顺我高昌，等归顺之后我高昌王必定会优待于你，让你替我们高昌王世代守卫西域边疆，享受荣华富贵。"

楼兰王断然拒绝道："本王自出生以来衣食无忧，不稀罕你们高昌王给予的富贵，自我楼兰在西域建国以来一直与中原王朝关系密切，从曾经的大汉到现在的大唐一直如此，我楼兰国自开国以来一直自立乾坤，从未沦为任何一个国家的附庸且从未被任何一个国家吞并，若是归顺高昌国，我必会成为历史罪人，愧对列祖列宗，请你回去转告鞠文泰。"

听楼兰王这么一说，高昌国使者勃然大怒道："你个小小的楼兰王，竟然敬酒不吃吃罚酒，还敢直呼我高昌王的名讳，简直是大胆放肆。我告诉你，你若不答应归顺，我们高昌大军必会将你小小的楼兰国夷为平地，到时候就让你们楼兰国数百年基业毁在你手上，就让你对不起你的列祖列宗，这是我们高昌王最后下的通牒，请楼兰王三思。"

楼兰王也是一个很有硬气的君王，当然不会任由高昌国的一个小小的使者如此欺凌。

"你区区一个小小的高昌国使者竟敢对本王出言不逊，如此放肆，来人啦！给我重打五十大板。"

"你……"

还没等高昌使者继续把话说下去，高昌使者便被楼兰国的几名侍卫给摁在地上，一口气打了五十大板。

被打之后的高昌使者已经彻底放下刚刚那副嚣张跋扈的气焰，挨了那五十大板的他只是一个劲儿喊疼，连说话的力气也没有了。

这个时候，楼兰王便说道："你们高昌国想要攻打我楼兰国，恐怕也没有你想得那样容易，你可别忘了我们的身后有大唐帝国保护着，若是我们楼兰国被灭了，大唐皇帝肯定会发兵灭了你们高昌国，你回去给鞠文泰带个信儿，让他好好考虑清楚吧！"

说完，他便命人把那名高昌国使者给抬了下去。

等到那名高昌国使者被人给抬下去以后，楼兰王一副忧心忡忡的样子，因为他明白自己刚才的冲动做法已经严重触怒了高昌国国王鞠文泰，若是鞠文泰下令发兵楼兰，楼兰肯定抵挡不了高昌国那数十万大军，到那时候自己国家的人民肯定会被高昌大军给屠杀或是充当奴隶，想到这儿，他心里真的有点儿后悔自己刚才的一时冲动。

就在这个时候，一名留着白发，穿着一身祭司服饰，挂着拐杖的大祭司向楼兰王身边走了过来，说道："国王莫要惊慌，老夫有办法能够破高昌国的数十万大军。"

听大祭司这样一说，楼兰王不由得一脸激动地向他问道："你说的是真的吗？你真有办法能够破得了高昌大军？"

大祭司点了点头，十分肯定而又胸有成竹地回答说："没错，确实有办法。咱们楼兰王历代国王的陵寝都需要拥有王室血统的人使用双鱼玉佩念动咒语打开，这双鱼玉佩就是历代国王陵寝墓室的钥匙。"

听到大祭司说到这儿，楼兰王不由得从中打断了一句："可是破高昌大军跟咱们国王的陵墓还有这双鱼玉佩有什么关系？"

大祭司微微一笑回答说："有，当然有关系，国王既然已经学会咱们楼兰国王口口相传的能够打开国王墓室大门的咒语，就一定能够控制双鱼玉佩，能够控制双鱼玉佩就能够依靠双鱼玉佩的强大力量和能力把楼兰国周边的沙尘和石头召唤起来，将高昌大军给埋在下面，这样一来高昌就没办法灭我们楼兰国了。"

"你是说只要对着双鱼玉佩念动咒语，就能够用双鱼玉佩的能量控制沙尘和石头打退高昌大军吗？"

"是，是的，国王若是不信，老夫可以亲自为您演示一下。"

为了证明大祭司的话是真是假，楼兰王便同意让大祭司演示。

"好，你马上就给孤王演示一下。"

第十二章　叶肖遇袭

这一天上午，欧阳小枝一觉醒来，脑子里仍然储存着她昨日在睡梦中梦到的情景，一点儿也没有忘记，可奇怪的是这样的梦也并非经常会有，在接下来的很多天内她并没有再次梦见过楼兰古国，做的仅仅只是普通的梦。

对于叶肖来说，在接下来的很多天里让他感到非常奇怪，奇怪的是在这么长的时间内他和欧阳小枝二人都是安全的，没有遭遇过宫本俊手下的任何袭击，也没有遇到任何意外事件的发生。

可是尽管如此，叶肖却仍然没有轻易放松警惕，依然派出便衣警察二十四小时跟踪在欧阳小枝身边，时刻保护着她的安全，因为在他看来，这很有可能是宫本俊故意想让他麻痹大意的计谋，一旦他真的放松警惕，那么欧阳小枝就很有可能一不小心落在宫本俊的手中；另外一方面他又时刻关注着远在日本的唐龙会在日本那儿查到什么消息，但却一直杳无音讯，这让他心里头是更加焦虑。

自电影《魂断楼兰》播出后不久，全国观众吐槽不断，大骂这部剧是粗制滥造的烂片，一点儿看头也没有，评分已经低到一点八一，作为投资方的中村正雄也不得不因为该电影的惨淡成绩跟着方山先生恶补楼兰历史，以便日后能够翻拍这部电影挽回败绩。

此时的中村正雄在方山先生那儿上过最后一节楼兰历史的课后，方山先生便对他说道："这些天你的进步神速，不仅把楼兰古国的出现、形成和发展史熟悉了一遍，还把楼兰古国与中原王朝的历史以及它灭亡的原因倒背如流，我已经没有什么东西可以继续教你了，你可以凭着你从我这儿学到的知识联系编剧写一部好剧本再翻拍一部《魂断楼兰》，观众的反响肯定与你之前那部失败的作品不一样的。"

中村正雄心怀感激地对方山说道："谢谢方先生这么多天的悉心教导，我才能够学到那么多关于楼兰古国的知识，若是新拍的这部《魂断楼兰》大火的话，我会把一半的票房收入奉献给您。"

方山笑着说："不必了，不必了，你作为一个日本人，能够为我们国家拍出一部有关楼兰历史的片子，我心里头非常高兴，当然应该支持你拍这样的片子，拍片子的票房钱我看就免了。"

中村正雄则很是客气地接着说："方先生，新的电影若是能够成功，您本来就应该占一半的功劳，这笔钱说什么也得给的，若是不给，我心里头真的很过意不去。"

说到这儿时，他又问了方山一个问题。

"不过，我有些地方还是不太懂，既然史书上说楼兰古国亡于高昌国的入侵，高昌国之所以后来被唐朝所灭就是因为这个原因，但是为什么你给我看的有些文献上记载，楼兰国亡于一场沙尘暴，被沙子埋在罗布泊底下呢？"

方山听到这个提问，沉默了好一会儿，犹豫再三之后还是决定把他心里头知道的有关楼兰古墓和双鱼玉佩的秘密告诉中村正雄。

"如果你想知道这个，除非让我亲自去一趟罗布泊，并在那儿找到楼兰国的古墓，找到古墓以后我就会揭开当年那场淹没楼兰古国沙尘暴的真相，然后我再回来告诉你，你的新电影若是加入淹没楼兰古国沙尘暴的秘密这个情节，你翻拍的新电影肯定会更好看。"

"楼兰古墓？"

"是的，没错。彭军当年为了揭开那场淹没楼兰古国沙尘暴的真相，组织了一支赶赴罗布泊的考古队，没想到中途遭遇变故失踪了。所以，我计划要像当年的彭军那样，带领一支考古队去罗布泊古墓那儿考察，揭开楼兰古国当年遭遇那场沙尘暴的真相，完成我的好友彭军当年的遗愿，顺便把楼兰古墓内的文物给挖出来，让历史学家能够更加了解这神秘的楼兰古国，也让世界人民更能了解这个古国的辉煌历史，只可惜资金不够，所以去不了。"

"那没问题呀！资金的问题我可以帮您解决，只要您想要去罗布泊，我愿意全力支持您，带什么人去由您亲自挑选。"

"真的吗？"

"当然是真的，只要方先生想去，我中村正雄一定全力支持，出这么一点钱对我来说不算什么。"

"哦！那我就提前谢谢中村先生了。"

此时的方山便一脸微笑地这样说道，当他在笑的同时，脸上又表现出一种很兴奋的表情，好像在为达到他目的的某件事而感到开心。

然而，当他把话说到这儿时，便给中村正雄说了一个有关于他的难处。

"可是去罗布泊考察也不是一件容易的事呀！有一个人他必须去，若是他不去的话，那么楼兰古墓的诅咒就不会解除。"

听方山这么一说，中村正雄一脸疑惑地问道："你说的这个人是谁呀？"

"就是叶肖的女友欧阳小枝。"

"欧阳小枝？"

“没错，就是她。”

说到这儿，方山便把欧阳小枝那天来到他家讲的那些有关她与她义父之间的关系还有她的个人出身，她义父欧阳少坤在字条上留下的那些有关楼兰王的诅咒以及双鱼玉佩的秘密全都一字不漏地告诉给中村正雄，又把这几天欧阳小枝做梦梦见自己就是楼兰公主的事说了出来。

“这些天她经常会梦见她自己就是楼兰国公主，所以我怀疑她应该就是楼兰古国王室后裔，若想破除楼兰王的诅咒，就必须带上她，因为只有她才能够控制双鱼玉佩打开楼兰古墓，现在已经过了这么多天了，我想她应该梦见控制双鱼玉佩能量的咒语了。”

“好呀！那我们可以现在就去请她过来吃饭，说服一下她跟考古队一起去，我现在就去准备一下。”

中村正雄说完，便离开了方山先生的家，等到中村正雄离开后，方山先生的保镖陈国强便问道：“方先生，你把这些秘密都告诉给中村正雄这么一个外人，这样做合适吗？”

方山这时便转过头对陈国强说：“这有什么不合适的，我告诉他这些只不过是想利用他出资帮忙组建考古队，好让我重返罗布泊把楼兰古墓里的文物都给搬出来，有偿捐献给国家，这样子我不仅发了财而且还会成为发现楼兰古国古墓的第一人，可谓是一举两得，千百年来楼兰古墓因为受到楼兰王的诅咒一直无人敢接近，也没有人知道楼兰古国是什么原因消失的，但是我知道，我若是能破除诅咒进入这古墓之中并揭开楼兰古国消失的奥秘，历史书上便会永远出现我方山的名字，该有多好呀！”

“可是，中村正雄他毕竟是个日本人呀！你难道不担心他帮你有什么图谋吗？”

方山则摇了摇头，十分肯定而又放心地回答说：“不会的，不会的，他只不过是一个普普通通的商人，而且不缺钱不缺名利，对楼兰历史感兴趣而已，想要拍好一部有关楼兰历史的电影满足他的个人需求罢了，只要帮他满足这个需求他就会很满足的，所以我很放心。再说，他跟宫本俊这家伙根本扯不上任何关系，不然叶肖也不会放他出来，没事的，没事的。"

在南华市一家豪华餐厅内的一间包房中，中村正雄把方山和叶肖还有欧阳小枝三人给请了过来，此时的菜已经全部上齐，作为请客主人的中村正雄说道："诸位，我请你们来这儿吃饭，是有件事想当面跟大家说一说，特别是欧阳小枝小姐，这事对你来说非常重要。"

听到中村正雄的话，欧阳小枝心头一怔，疑惑不解地问道："对我来说非常重要？"

中村正雄点了点头，表情很是肯定地回答道："是的，非常重要。"

于是便说明了他此次请各位过来吃饭的目的。

"方山先生计划组建一支赶赴楼兰古城遗迹的考古队，寻着当年彭军的脚步，再次去那儿进行一次实地考察探索楼兰古墓的奥秘，而我是考古队的投资方。若是这次组建的考古队能够揭开楼兰古墓的奥秘，我们将为全世界的文明史做出巨大贡献，到了那个时候我们考古队所有队员的姓名将会永远载入史册，给历史留下光辉灿烂的一笔，不仅如此我们还会获得一笔巨大的财富，所以这次赶赴楼兰遗迹考察对我们来说是百利而无一害。我此次请欧阳小姐和叶警官吃这顿饭是希望欧阳小姐能够答应加入我们的这支考古队。"

听完中村正雄的话后，欧阳小枝表情疑惑地指着自己问道："原来你这次请我们吃饭，是为了能让我加入你们的考古队呀！为什么？"

方山这时便在一旁补充说道："实不相瞒，我已经把你梦见楼兰古国的事跟中村正雄说了，也把双鱼玉佩的秘密告诉了他，要想解除楼兰王当年下的诅咒，就只有你才可以，现在已经过了这么多天了，我想你应该在梦里头梦见楼兰王的咒语了吧！有了这咒语以后楼兰王的诅咒便可以破除，那我们考古队就能够顺利进入楼兰古墓了，所以我们恳请你能跟我们一块儿去一趟楼兰遗址，帮我完成这个心愿，事成之后中村先生答应会把获得一半的财富都交给你。"

中村正雄也在一旁用恳请的语气对欧阳小枝说道："没错，这次考古任务能不能完成，就要看欧阳小姐你的意思了，因为能解除楼兰王的诅咒只有楼兰王室的后裔才可以，希望欧阳小姐能够答应。"

这个时候，叶肖用一双怀疑的眼神注视着中村正雄问道："中村先生，为什么你这么热衷于对楼兰古国的考察呢？难道仅仅是因为你个人的兴趣爱好吗？"

中村正雄笑着回答说："哈哈，那是当然呀！楼兰古墓里头肯定埋藏着一些我们不知道的历史书籍，如果方先生此次去楼兰遗址考察，回来以后能把他从那儿挖到的历史典籍里的内容全都告诉我，我便能让我的编剧写出一本良好的剧本，就能把我上部电影的亏损补偿回来了。"

说到这儿时，他便按照中国式的礼节拱起手臂，转而对欧阳小枝恳求道："欧阳小姐，拜托你了，请你无论如何也要加入方山先生的考察队，你帮了方山先生就等于是在帮我，拜托了。"

然而遗憾的是，欧阳小枝却给了他一个令他失望的回应。

"不好意思，中村先生，我想我不能帮你，我的义父现在尸骨未寒，在没有揪出凶手之前我不想考虑其他的事，另外我这些天并没有再梦见过楼兰古国，对于楼兰王的咒语我也一概不知，所以对不起。"

听欧阳小枝这么一说，方山心头一怔，不由得大吃一惊，在吃惊之余他又禁不住感到一阵疑惑。

"什么？你没有再梦见楼兰古国？怎么会？既然双鱼玉佩沾了你的血

液，认定你就是楼兰王的后裔，那么你就能通过梦境中的事知道楼兰王的咒语，怎样控制双鱼玉佩的力量，怎么会突然间不做这样的梦呢？"

欧阳小枝解释说："这样的梦不是天天都会有的，就是因为我没有做过这样的梦，所以我才没来找方先生您。若是凶手找不到，我这辈子都不会安心，更不可能参加考古队跟您去楼兰遗址那儿考察，没心思查找我的身世，所以不好意思。"

对于找出杀害欧阳教授凶手的事，叶肖的态度也同样表现得很是坚定，于是他说道："没错，如果找不出凶手让欧阳教授灵魂得到安息，不仅是小枝心里头不安心，我的心里头也会不安心的，总之我们俩一定要把这凶手给揪出来，其他的事以后再说。"

听到他们两人这么一说，方山和中村正雄心里头不由得感到十分无奈，在无奈的同时也略微感到有些遗憾，在沉默了一会儿后中村正雄喝了一口酒微微点了点头，看上去是一副对于欧阳小枝的难处表示十分理解的样子说道："好吧！我能理解你的苦衷，欧阳教授毕竟是你最亲的人，养育了你十几年，就这么不明不白的被人杀害，确实要弄清楚真相才可以。既然你不愿意，那我也不勉强你，考察楼兰古国遗迹的事暂且作罢，等你什么时候想通了就来找我吧！"

见到中村正雄脸上表现出一副失望且又无奈的表情，又听见方山先生此时此刻无可奈何地叹了口气，为避免尴尬，叶肖便面带微笑地在中间打了一个圆场说道："你们两个不要这么灰心，只要我能够查出凶手是谁，小枝自然就会答应跟你们一起去罗布泊的，好啦！好啦！现在继续吃饭吧！有什么话留着以后再说吧！"

吃完饭后，他们四人刚刚从饭店内走出来没多久，意外发生了，只见一名蒙面黑衣人手里头拿着一把匕首朝叶肖站着的方向用力刺了过去，还好叶肖眼疾手快躲过了他的这一刀，却没想到那蒙面黑衣人仍旧不肯罢休，继续拿着手中的匕首朝他身上刺去，很明显蒙面人的目标就是他。

　　周围人见到这一情况后不由得尖叫一阵跑开了，为了不让凶手伤害到欧阳小枝，叶肖一边躲避着黑衣人的攻击一边冲欧阳小枝大声喊道："小枝，你快找一个位置躲着，快！"

　　没想到的是，那蒙面人听叶肖这一声大喊竟然转而攻击欧阳小枝，当叶肖冲到欧阳小枝面前想保护她时，他上了那黑衣蒙面人的当，黑衣蒙面人一脚将叶肖踹倒在地，正当他想用匕首刺死叶肖时，中村正雄突然间用手握住那名黑衣蒙面人的匕首替叶肖挡了这一刀，就在那黑衣蒙面人把匕首从中村正雄手里抽走的一瞬间，鲜血立马从中村正雄手里流出，中村正雄这时大叫一声连忙捂着自己的手，那名黑衣蒙面人见中村正雄替叶肖挡了这一刀便气急败坏地想要再次攻击中村正雄。

　　不过幸运的是，穿着便衣暗中保护欧阳小枝的王浩等人突然间从不远处的方向朝黑衣蒙面人攻了过来，不一会儿便纠缠在一起，黑衣蒙面人最后见寡不敌众一溜烟便跑掉了，等到他跑掉之后叶肖连忙关心地冲到中村正雄身边关心地问："中村先生，你的手流好多血，我现在送你去医院吧！"

　　中村正雄被送到医院后，医生很快便为他上了药止了血消了毒，并包扎了伤口，防止伤口恶化感染，此时的他正躺在一张病床上休息，另外一只手则输着液，吊了一瓶消炎药。

　　此时的叶肖和欧阳小枝还有方山三人正关心地站在中村正雄的病床边注视着他，除了他们三人以外，刚才负责保护欧阳小枝安全的王浩和两名便衣警察此刻也同样站在病床边并同样很关心地注视着他。

　　"叶警官，我已经没事了，医生说我只要在这儿吊上一瓶消炎药，然后在家静养几天就会好起来的，今天谢谢你很及时送我到医院，如果你现在有事还是回去吧！"

而此时的叶肖从心里头已经完全打消了对中村正雄个人身份的怀疑，他带着一脸歉意的表情对中村正雄说："中村先生，我觉得有件事我一定要向你道歉，其实从我当初捉你到警察局的那一天起，我就一直怀疑你和刺杀欧阳少坤教授的宫本俊是一伙的，可是今天看见你竟然不顾一切地救我，让我彻底打消了怀疑你的念头，你其实是一个简简单单的生意人，我怎么可以把你和宫本俊那家伙扯在一块儿？所以我今天要正式向你道歉，请你原谅我。"

　　说完，叶肖便按照日本人的礼仪弯下腰低下头，中村正雄立马摇了摇头说道："别这样，别这样，我一直没有怪过你，这是你们警察的一种职业习惯，我非常的理解。"

　　说到这儿时，中村正雄便露出一脸担忧的表情接着说："今天那个黑衣蒙面人刺杀的目标就只有你一个，由此可见他应该是冲你来的，所以你以后一定要多加小心。"

　　叶肖点了点头回应道："嗯！我知道，我知道，我会保护好自己的。"

　　这时，站在一旁的王浩面带微笑，心中满怀歉意地对中村正雄说："中村先生呀！今天都怪我不好，来晚了一步，如果我们能够早一点出现，你就不会受伤了。"

　　中村正雄又摇了摇头说："不不，这不怪你们，要不是你们后来很及时出现打退了那个黑衣人，我恐怕要遭到那家伙的毒手了。"

　　听到中村正雄提到那个黑衣人的时候，叶肖便在脑海里想了又想，然后说道："宫本俊肯定是认为小枝伤害不得，再加上我又派人暗中保护，所以就没再对她动手，我就成了他的新目标，可是他这样做的动机是什么？"

　　王浩在一旁分析道："可能是宫本俊不想让你继续查案，为了扫除你这个阻碍所以才对你动手的。"

听到王浩这么一说，叶肖便觉得他的话似乎是很有道理的，于是说道："嗯！你这话确实有一定的道理。"

　　听完他们二人的对话，躺在床上的中村正雄这时候再一次关心地对叶肖说："叶警官呀！总之你一定要保护好你自己，在外面走路的时候要时刻小心。"

　　叶肖点了点头，轻声回应道："嗯！我知道的。"

　　就在这个时候，欧阳小枝胸前挂着的那块双鱼玉佩亮起了一道微弱的红光，但却没有让周围的人注意到，待那道红光消失之后，欧阳小枝突然之间伸了一个大懒腰，上下眼皮不停地在打架，紧接着便打了一个哈欠，对叶肖说："叶肖，我们回去吧！我现在感觉好困哦！"

　　还没等叶肖开口回应，欧阳小枝眼睛一闭，忽然之间倒在地上睡了过去，叶肖连忙扶着她的身子大喊道："小枝，快醒醒，小枝，小枝。"

　　可是任凭他怎么喊，欧阳小枝仍旧睡得很死，叫也叫不醒，无奈之下叶肖只好把她抱回了家。

第十三章　最后做的两个梦

　　此时的欧阳小枝又梦见楼兰古国，在她的梦中，大祭司正在给楼兰国王演示着双鱼玉佩的威力，只见他从嘴里边念出刚才楼兰国王教给他能够控制双鱼玉佩的咒语，念过一阵子咒语以后，被他拿在手上的那块双鱼玉佩瞬间发出一道猩红色的亮光，大祭司这时便闭着眼睛用他脑海中的意念操控着楼兰古城四周的滚滚黄沙，刹那间，黄沙便如同滔天巨浪般席卷着城门前的每一寸土地，还有每一个角落，使得城外的一切全部被沙尘暴给无情吞噬着。

　　见到这一情况，楼兰王激动而又高兴地拍着巴掌说："哈哈，想不到这双鱼玉佩的威力竟然能有这么大，这下楼兰有救啦！有救啦！"

　　大祭司这时则转过身面对着楼兰王，同样一脸兴奋而又高兴地说道："只要高昌大军一来，便可用这滚滚黄沙将他们埋在土里，让他们知道攻打我们楼兰是要付出代价的，他们若胆敢来犯就让他们有来无回。"

　　然而，就在这个时候，楼兰王突然注意到在他眼前的滚滚黄沙之中竟然出现了一个躺着的人影，于是他用手指着那个方向一脸惊奇地喊道："快看那儿，那儿有一个人正躺着呢！"

　　说罢，他便带着大祭司还有身旁负责保护他的几个侍卫随从朝那人影的方向冲了过去，等到他们冲到那人身边时，便看见那个躺着的人竟

116

然穿着一身与他们这个年代不同的衣服，确切地说那是二十世纪八十年代的衣服，又看见那人戴着一副眼镜留着一头短发，这让此时的楼兰王心里禁不住感到一阵奇怪。

大祭司一脸疑惑而又十分震惊地问道："这人是谁呀？怎么突然间出现在这儿？衣服怎么穿得跟我们不一样？"

楼兰王说道："先别管他是谁了，先把他带回王宫去救活以后再说吧！"

楼兰王在王宫内再次见到了他的王后以及他的公主小枝，在陪小枝公主玩闹过一阵子之后说道："我今天在城门口外发现一个人，那个人身上穿着的衣服跟我们完全不一样，不知是哪儿来的。"

王后一脸好奇地问道："这个人是谁呀？他是什么时候出现在我们楼兰这儿的，该不会是高昌国派来的探子吧！"

楼兰王一边摇头一边说："我看不像，他这身穿着打扮一点儿也不像高昌人，而且也不像吐蕃、突厥或是大唐人，因为他们都不穿这样的衣服。"

"那他会是哪里人呢？"

"这个我也不知道，等他醒来之后我就去问问。"

就在这个时候，一名侍卫前来报告道："报告大王，救回来的那个人醒了。"

"快带本王去看看，本王正想问问那人。"

"是，大王。"

楼兰王在一间卧室内见到了那个人，军医站在那人的床边，楼兰王便向那人问道："你是何人？来自哪里？"

那人同样用一口流利的古代吐火罗语回答道："我叫彭军，来自中国南华市。"

说完之后，他便坐起身反问了一句："请问这是哪儿？我怎么会在这里？"

"南华市？何为南华市？"

楼兰王一脸疑惑地重复着他听到的这陌生的名字，之后又问了问他身旁的一名外交官。

"你有没有听说过南华市？"

那名外交官则很是不解地摇了摇头说："回大王，微臣从未听说过，微臣走访周边各国，从未听说过有南华市这个地方。"

楼兰王又问彭军道："你是不是大唐人？"

"大唐？唐朝不是灭亡一千多年了吗？"

"你在这儿胡说什么呢？大唐自开国以来已有十二年，你居然说唐朝灭亡一千年？你怎能如此忤逆天朝上国。"

"天朝上国？十二年？"

彭军重复着，慢慢地他开始意识到自己可能不属于眼前的这个时代，于是一脸惊恐地问道："请问现在是什么年？"

楼兰王回答说："大唐贞观四年。"

"贞观四年？那不是 630 年吗？原来我穿越时空回到过去，来到了唐朝时期那个年代？"

彭军因为是考古学专家，所以对于中国古代各个朝代的历史都颇有研究，所以当他一听到贞观四年时，脑海里便立马算准了公元 630 年这个年代。

楼兰王又问道："刚才你还没有回答我呢，你究竟是何人？来自哪里？又为何会出现在这里？"

彭军详细交代了他穿越时空，来到这个时代的经过。

"我来自距离你们这个时代一千年后的时代，在一次科考罗布泊楼兰古城遗迹的过程中迷失了方向，后来晕倒在沙漠之中，接着就来到了这里。"

"你说什么？你说你来自一千年以后？"

面对楼兰王感觉有些不可思议的提问，彭军微微点了点头很肯定地回答说："嗯！没错。"

大祭司这时候在楼兰王身旁说道："大王，我看他这样子不像是在说谎，更何况他身上穿着的衣服与我们这个时代确实有些不一样，也许他确实是从未来过来的。"

听到那名祭司喊他身旁的那个衣着华丽的人为大王，彭军心头一怔猛然一惊，很快便意识到在他面前站着的这个人就是楼兰国国王。

"难道你就是楼兰国王？"

楼兰王自我介绍道："没错，本王就是楼兰国第三十八代国王，我身旁的这位就是大祭司，是他发现了你躺在黄沙之中并救了你。"

就在这个时候，大祭司忽然间发现彭军脖子上挂着一块双鱼玉佩，他一把将那块双鱼玉佩拿过一看，发现竟然和他手上的那块一模一样，于是一脸惊讶地问道："怎么你手上也有这个东西？你是从哪儿得到的？"

"这块玉佩是我和同伴在楼兰古国遗址那儿考察的时候，从那儿挖出来的，因为我知道这双鱼玉佩是开启楼兰古墓的钥匙，所以我后来寻着地图寻找楼兰王古墓，遭遇一场沙尘暴后就来到了这里。"

听到彭军这么一说，楼兰王突然间一脸愤怒地冲他怒吼道："楼兰王陵乃是我楼兰国历代国王安睡的陵寝，你这个大胆刁民胆敢如此亵渎，该当何罪？来人啦！把这个大胆刁民拖出去斩首。"

见到楼兰王想要了自己的命，彭军瞬间被吓得目瞪口呆，这才意识到自己刚才说错话了，于是连忙道歉道："对不起，对不起，楼兰王的陵寝神圣不可侵犯，我不该如此亵渎，实在抱歉。"

大祭司这时对楼兰王说："大王，此人的身上既然有一块同样的双鱼玉佩，想必他应该是因为刚才老夫用双鱼玉佩的力量制造出的神力给吸引过来的，这双鱼玉佩是先祖国王从天神那儿得到的器物，据传言它确实有颠倒乾坤扰乱时辰的法力。既然这个人他说自己是未来之人，那他应该是天神选定来到我们这个时代的，未来之人肯定不懂我们这个时代的规矩，大王您就原谅他吧！再说既然他来自未来，应该能够预言日后发生的任何事，留着他应该会有用。"

听到大祭司这么劝，楼兰王便觉得他说的话似乎很有道理，很快他便收回了命令。

"那好吧！看在大祭司的面子上孤王就饶你一命。"

可是就在这时，楼兰王却问了彭军一个对他来说很难回答的问题。

"既然你来自未来，那本王倒有一个问题想请教一下你，目前我们楼兰与高昌将有一场恶战，你可否告诉本王，这场恶战的结果究竟怎样？我们楼兰大军是否可以击退高昌大军呀？"

这个问题对于彭军来说确实是一个令他很难回答的问题，虽然他知道结果，但若是告诉楼兰王实情的话，恐怕楼兰王会对自己不利，可是如果说假话又怕等到发生战争的时候，最终结果却与他说的不相符合，到时候楼兰王也同样不会放过他，这让他一时之间真不知该如何是好。

思来想去片刻之后，他终于想到一个可以避免被杀头的巧妙回答。

"大王，未来之事应当顺应天命，不可提前预知，正所谓天机不可泄露，所以我就是知道了也不可以随便泄露天机，大王吉人自有天相，一定能够逢凶化吉应对那些高昌大军的。"

听完彭军的回答，楼兰王点了点头说道："你说的这些话似乎有点道理，既然你不肯说的话，那本王就不为难你了，一切顺其自然，顺应天命吧！"

然而就在这个时候，有一名大夫急匆匆地赶到楼兰王身边报告道："报告大王，王后突然间昏迷不醒，怎么治也治不好！"

"你说什么？"

楼兰王刚反应过来，便对那名大夫说道："快带本王去看看。"

听到这一消息的彭军突然间对楼兰王说："楼兰王，我懂得一点医术，不如我跟过去看看，也许能够帮得上忙。"

楼兰王挥了挥手，想都没想就直接答应了彭军。

"好吧！跟我一块儿过去。"

彭军和楼兰王还有大祭司和大夫，他们一同来到王后的寝宫，见到躺在床上的王后依旧昏迷不醒，楼兰显得很是着急。

"王后，王后，王后。"

他叫了三声，可是王后却仍然没有答应，身旁一位给王后看病的大夫一脸无奈地说："大王，抱歉，我已经尽力了，可王后就是不醒呀！"

"这可如何是好呀！"

楼兰王对此一筹莫展，彭军二话不说走到王后床边摸了摸王后的脉搏，又检查了王后的气息，翻了翻王后的眼皮，然后说道："王后产后出血休克了，需要输血救治，幸好我是 O 型血，又带了一根针管。"

彭军的话把楼兰王以及和他一块儿站着的一行人弄得一头雾水，不过他们也没有问什么，只见他将随身携带的两支针一支扎进王后的手臂，另外一支则扎进自己的手臂，血液很快便顺着两支针连接的细长塑料管流进了王后的体内，输过血后，彭军又很熟练地给王后止了血，然后又给王后进行血液循环的中医按摩，按摩几下王后终于醒了。

楼兰王连忙拉着王后的手很关心地问道："王后，你感觉怎样？"

王后微微点了点头回答说："我现在感觉好多了，刚才就好像死去了一样。"

站在一旁的彭军说道："王后刚才因为产后失血休克，我已经为她输了血，做了一下血液循环按摩，如果能够下地走几步就没事了，大王不必担心。"

楼兰王一脸激动地朝彭军伸出大拇指，用赞美和佩服的语气对彭军说："你可真是神医呀！想不到你的医术这么精湛，我手下的大夫都不是你的对手呀！"

说到这儿时，楼兰王便有了一个想法，于是他再次对彭军说："以后你就留在孤王身边吧！"

"好的，多谢大王收留。"

……

等到欧阳小枝从睡梦中惊醒之时，天已经亮了，而她梦中的场景此刻依旧印刻在她脑海之中，当她回想起在梦中梦见彭军穿越到楼兰王国的过程时，便决定将她做过的这个梦告诉给方山。

叶肖和欧阳小枝两人再次来到医院探望昨天受伤的中村正雄，没想到他们俩刚一进入病房，便看见中村正雄已经穿上了他自己的衣服，收拾好一切正准备出院，见到前来探望他的叶肖和欧阳小枝两人，便放下手中的东西非常客气地打招呼道："哦！叶警官，欧阳小姐，是你们呀！感谢你们今天这么关心地过来探望我，请坐，请坐。"

两人坐下后，叶肖便面带微笑地对中村正雄说："中村先生今天的气色看上去比昨天好多了呀！看你刚才忙着收拾东西，想必今天是要出院了吧！"

中村正雄则同样面带微笑地回应道："是呀！昨天在医院这儿吊了一晚上消炎药，在医院这儿睡了一晚上还真的有点儿不习惯呀！今天医生告诉我可以出院了，所以我就提前办理好了出院手续，现在正准备离开呢！"

“看来你的伤已经没问题了，那恭喜你呀！”

“哈哈，这个只不过是一点儿皮外伤而已，没什么大不了的。”

说到这儿时，他禁不住很关心地问欧阳小枝道：“欧阳小姐，昨天你为什么突然间发困那么想睡呀？回去之后没事吧？”

欧阳小枝回答说：“没事，没事，当时只不过是突然间困了，回家以后又做过有关于楼兰古国的梦而已。”

听到欧阳小枝的这一回答，中村正雄心里头不由得感到很是激动，他便向欧阳小枝问道：“你昨天做的是什么梦？可以告诉我吗？”

欧阳小枝很爽快地答应了他。

“没问题，我昨天梦见……”

正当她想要继续说下去的时候，方山和陈国强两人从病房外走了进来，见到此刻已经穿好他自己衣服的中村正雄，方山便对他说道：“中村先生，看来你的伤已经康复了，现在正打算要出院了吧！恭喜你呀！”

中村正雄则一脸客气地对方山说：“谢谢方先生这么关心地来看我，我的伤已经好得差不多了。”

说完之后，他将刚才欧阳小枝告诉他昨晚又梦见楼兰古国的事告诉给方山。

“方先生，欧阳小姐她刚才跟我说，昨晚她做梦又梦见楼兰了。”

“哦！是吗？”

方山在说的同时，心头不由得一怔，反应显得有些惊讶！

“这是好事呀！这个梦如果做多了说不定就真能揭开你义父在信中提到的事情，可否告诉我做的是什么梦吗？”

欧阳小枝立马微微点了点头，对方山说：“当然可以，我正巧要把这梦说给您听呢！正好您过来了，那我就直接开始讲了。”

欧阳小枝便把她昨晚做的梦，在梦里发生的经过讲了出来，听完欧阳小枝所说的梦境以后，方山瞬间被她所描述的梦境惊得是目瞪口呆且又感到有些匪夷所思。

"什么？你梦见我的好友彭军穿越到楼兰王国了吗？这怎么可能，我老师一个现代人怎么会出现在古代？我宁愿相信他当年死在了罗布泊，你这个梦实在太奇怪了。"

叶肖对方山说："这个梦确实是小枝梦见的，她不会说错的。再说穿越时空现象也不是不可能，现在连科学家都证实了这一现象确实存在，而且世界上还发生过很多这样的案例。"

中村正雄则很是赞同地接着叶肖的话对方山说："是呀！彭军教授当年失踪在罗布泊，你们国家出动了那么多人力物力财力都找不到他，也没有发现他的尸体，说他穿越回楼兰古国也不是不可能。"

听到他们两人这样一说，方山禁不住感叹道："原来老师当年真的没有死，而是穿越时空去了另外一个世界，回到过去了。"

然而，对于她所梦到的一切，欧阳小枝却觉得她做的这些梦似乎很不真实。

"这些只不过是我做的梦而已，可能梦里头发生的事情不是真的。"

而方山这时则很肯定地回答说："不，这是真实的，你所梦到的一切都是有关楼兰古国当年消失的真实信息，也许梦到后面你就会知道你父母是谁，以及你跟双鱼玉佩有关的一切真相，后面你若再梦见楼兰，就把你梦到的一切全都说给我听。"

中村正雄这时则在一旁对欧阳小枝说："欧阳小姐，如果你在梦里头知道了控制双鱼玉佩的咒语，你一定要告诉我和方山先生，因为这对我们两个人来说非常重要。"

"嗯！我尽力就是。"

到了晚上，欧阳小枝再一次梦见楼兰古国，在她的梦境之中，她看见气急败坏的高昌国国王鞠文泰正一脸气愤地对他身旁的所有大臣们说："可恶，小小的楼兰国胆敢如此藐视我们高昌国，连我派去的使者都敢这么羞辱，简直无法无天了，敬酒不吃吃罚酒！"

说完之后，他便毫不犹豫地下达了攻击楼兰国的命令。

"传本王的旨意，发兵楼兰国，活捉楼兰王。"

然而就在这个时候，其中一名大臣却提出了不同意见。

"启禀大王，楼兰国与大唐之间关系密切，现在已经向大唐俯首称臣，若是我们高昌国此次发兵楼兰，激怒了大唐怎么办？"

可是，此时的鞠文泰发兵楼兰的心意已决，早已听不进大臣说的任何不同意见。

"这个你不必担心，我们高昌国也是大唐友好的邻邦，他们不会因为楼兰国而对我们高昌国为难的，但是楼兰王羞辱我高昌使者，不把我高昌王放在眼里的这口气本王实在咽不下，是可忍孰不可忍！咱们六个月后发兵，荡平楼兰。"

"是，大王！"

自从彭军无意间穿越至楼兰古国之后，他最想要实现的愿望就是回去，回到他自己的那个年代，回到他的亲人朋友以及兄弟姐妹身边，不想让他们因为自己的突然失踪而担惊受怕，可是想回去也不是一件非常简单容易的事，得需要研究出回去的办法才可以。

正所谓既来之则安之，为了能够让他回到自己的那个年代，他便在这六个月的时间内潜心研究双鱼玉佩的巨大能量，与大祭司和楼兰王二人进行交流，渐渐地和他们二人产生了一点儿感情，而楼兰王对彭军这位来自不同时代的特殊人士，也是相当的信任，自从他上次治好王后的病以后，和他之间的关系走得越来越近，在闲暇之余彭军总会做一些现代孩子玩的玩具给楼兰公主玩，总会和楼兰王和王后讲一些他们现代人的生活习惯，这样一来关系就变得更为密切了。

然而好景不长，高昌国的大军还是来了，此时的楼兰国城外，高昌大军已是黑压压一大片，就犹如堆积如山的蚂蚁一样不计其数地站在楼兰城外不远处的地方，做好了随时攻城的准备，而守护着楼兰国的楼兰勇士们却丝毫没有一丁点儿畏惧之心，面对着高昌国城外数十万大军，他们每一个人都做好了牺牲的准备，心中早已坚定要与楼兰国共存亡的决心。

而此时的大祭司在面对城外那数十万高昌大军，心里头也和那些楼兰守城士兵一样毫不畏惧，因为他早就有了能够将高昌国大军击退的办法，那便是他胸前挂着的那块双鱼玉佩。

早在高昌国大军尚未到来的前几天，彭军就已经找出当日他让双鱼玉佩的力量从他的那个年代召唤至楼兰古国这个年代的原因，为了验证一下自己的判断，他和楼兰王做了一个小小的实验。

他和楼兰王还有大祭司三人来到楼兰国城外的一片空旷的沙漠地带，把他从自己那个时代带过来的双鱼玉佩埋在了沙漠里，然后便对楼兰王说："楼兰王，麻烦你拿着你的这块双鱼玉佩站在我埋着的那块双鱼玉佩的位置，然后念动一下封印你们楼兰墓室的咒语，看看被埋在沙下的双鱼玉佩究竟有什么反应。"

"好。"

楼兰王说完，便念动了咒语，就在他念动咒语后没多久，他胸前挂着的那块双鱼玉佩和彭军埋在沙漠里头的双鱼玉佩同时闪烁着猩红色的光芒，不一会儿两道猩红色光芒便交织在一起，合二为一变成一个好像门一样的光洞，光洞的另一面便是彭军所生活的那个时代。

过了大概十秒钟后，光洞便消失了，两块双鱼玉佩此刻也早已停止了发光，恢复成原样，大祭司一脸惊奇地说："哇！这太不可思议了，原来天神留下来的双鱼玉佩竟然拥有这么强大的力量，可以让人去往不同的时代，这一定就是神的力量。"

彭军因为是考古学出身，一向信奉科学，对于鬼神之说他向来不信，于是便向大祭司反驳道："错了，这不是天神的力量，这是磁场的力量，我埋在沙漠下的那块双鱼玉佩有它的磁场，楼兰王手中的那一块也有它的磁场，由于我的那块双鱼玉佩来自未来，当我们现在这个时代的磁场与未来时代的磁场互相呼应的时候，便可以形成一个时间虫洞，而我当日就是这样来到你们这个时代的。"

听完彭军的话后，楼兰王疑惑不解地问道："你不是很想回去你们那个时代吗？刚才时间虫洞已经打开，你若想回去可以直接钻进洞里呀！为啥你没有呢？"

而此时的彭军因为心里头有了一个比回到自己的时代更加重要的打算。

"再过几天高昌国的大军就要进攻楼兰了，我不可以在这个时候回去，大王对我恩重如山，把我视作家人一样对待，我彭军无以为报，所以决定留下来与大王共同退敌。"

听他这么一说，楼兰王心里头感到十分高兴，于是用手拍打了一下彭军的肩膀说："好呀！难得你对孤王如此忠心，不枉孤王对你那么好呀！那就让我们并肩战斗，和高昌大军来一场殊死的较量吧！"

彭军这时则微微点了点头，对楼兰王说："大王，现在是时候告诉你实情了，你上次不是问过我高昌国攻打楼兰时，楼兰军队是否可以击退高昌大军？我当时怕你听了以后会生气，就没敢告诉你实情，不过现在我就告诉你实际情况吧！实际情况就是高昌大军攻陷楼兰后，整个楼兰国将被黄沙掩埋，楼兰国从此在历史上销声匿迹，虽然我知道这是个不好的结果，不知道凭我个人的力量能否改变历史，但是我情愿一试，无论是生是死我也要与楼兰国共同进退。"

当彭军从他的回忆中回过神之时，只听见城墙底下，高昌国的一名负责总攻的大将军此时正骑在马背上，冲着和他站在一块儿的楼兰王叫喊着。

"楼兰王，当日你羞辱我高昌国使者的时候想不到会有这么一天吧！今日我奉高昌王之命发兵楼兰，誓要把你小小的楼兰国夷为平地，不过本将军不想大开杀戒，只要你楼兰王从城门上走下来，跪在我脚下，献出楼兰城归顺我高昌，本将军可以饶你和你的百姓一命，你自己考虑清楚吧！"

楼兰王此时也毫不示弱地还击道："我楼兰国虽说地方小实力弱，但是也容不得你们高昌国这般羞辱，我们楼兰的百姓个个都是不怕死的，有种你们就过来攻城，我一定会让你们这帮高昌大军有来无回！"

见楼兰王依旧想要顽抗到底不肯投降，高昌大将军便决定对楼兰国发动攻击。

"既然你这么不识抬举，那就休要怪本将军不手下留情了。"

紧接着，高昌大军便正式攻城，而站在城墙上的大祭司此时已经开始念动召唤沙尘暴掩埋高昌大军的咒语，可此时的彭军却还是有点担心，于是他向楼兰王问道："大王，用这办法对付高昌大军行得通吗？"

楼兰王则是很肯定地点了点头，信心满满地说："行得通，一定行得通，只要我们的大军能够抵挡得住高昌国大军进攻争取时间，就一定可以的。"

可没想到的是，高昌大军攻城的进展速度竟然那么快，竟然一下就把城门给攻破了，这时候的大祭司不得不停止念动咒语，只见他非常紧张着急地对楼兰王说："大王，高昌大军已经攻破城门了，我们现在得去一个安全的地方另行打算。"

"好，我们走。"

说完，楼兰王便在几名侍卫还有彭军和大祭司的保护下立马后撤，一下子就撤退到了王宫，而此时的高昌大军已经攻破了三座城门，要是在这个时候再一次施展法术招呼沙尘暴掩埋高昌大军就已经晚了，因为一旦这样做那么整个楼兰国也会被黄沙所掩埋。

"想不到高昌大军攻城速度竟然这么快，看来用沙尘暴抵御他们已经是不可能的了。"

听到楼兰王这么一说，此时正在抱着孩子的王后心里头变得有些担忧和着急了，急忙哭着说："大王，你一定要想办法救救小枝呀！她才刚刚来到这个世界，就要这么快离开这个世界，那些高昌人都是杀人不眨眼的，他们要是发现了小枝的身份肯定不会放过她的呀！"

王后的话让此时的楼兰王感到茫然不知所措，尽管他心里头确实很想救他女儿，但是在当前这样的情况下，根本没有办法救自己的女儿。

"我当然很想救呀！毕竟孩子才这么小，还没长大成人，怎么能让她落入高昌人手中被杀害，如今高昌人已经把城内城外围得水泄不通，我又有什么办法呢！"

然而就在这时，彭军心中有了一个想法，那就是带着楼兰王的女儿一块儿回到现代，于是他对楼兰王说："大王，你莫要着急，我可以把你的女儿带回到我的那个年代，这样她就不会落到高昌人手里了。"

听到彭军的这个想法以后，楼兰王很是无奈地点了点头，然后对王后说："王后，把小枝交给彭军吧！这是救她唯一的办法。"

王后这时也很是无奈地把小枝递给彭军，并对他说："彭军，小枝就交给你了，你一定要好生待她，就像对待你的亲生女儿那样。"

彭军于是点了点头答应道："放心吧！王后，你和国王对我恩重如山，我一定会在我的那个年代把她养大，让她长大成人的，你就放心吧！"

这个时候，楼兰王将彭军带来的那块双鱼玉佩还给了他，并告诉给他一个秘密。

"彭军，这玉佩你还是带回去吧，另外我们楼兰王室有一个秘密。"

"什么秘密？"

"这个秘密就是凡是拥有我们楼兰王室血统的人，长到一定的年龄时，只要戴着这块玉佩就能梦见他在出生之时所发生的事情，知道控制双鱼玉佩的咒语，拥有控制双鱼玉佩力量的能力，我想小枝也是一样的，这个秘密你到时候一定要告诉她，让她知道自己的真实身份，让她知道她是楼兰人，不是你们那个时代的人。"

"嗯！我知道了，我会告诉她的。"

说完之后，他便把手中双鱼玉佩给埋了起来，然后在大祭司念动的咒语下又开了一个时空虫洞，最后钻进虫洞带着小枝成功回到了自己生活的年代。

就在彭军带着小枝用虫洞离开楼兰王的这个时代没多久，高昌大军便包围了王宫杀了进来，此时的高昌国将军正一脸轻蔑地注视着楼兰王，嘴角边露出一丝嘲讽般的奸笑说道："楼兰王，你的死期到了，你的军队已被我给灭了，你的臣民现在都已经被我给捉住，他们的命现在就落在你手里，只要你肯用双鱼玉佩打开楼兰古墓，我便放过他们还有你的命，该怎么做你自己看着办吧！"

听完高昌将军的话，看着他那张丑恶的嘴脸，楼兰王笑道："想不到你们高昌王心里头还是惦记着我们楼兰国的古墓，依旧是冲着这个来的，好，我答应你，只要你把我的臣民放出城，我就把我们楼兰古墓里的宝藏全都献给你。"

之后，楼兰的所有臣民便被高昌国军队全部安全放出城，这让楼兰王终于松了一口气，而他本人则在高昌将军的威逼下站在楼兰王陵寝面前，高昌将军用逼迫的口吻对楼兰王说："人我已经放了，现在你给我把楼兰王陵墓打开，快一点！"

楼兰王回应道："好，一会儿就给你打开。"

当他在说的同时，却给大祭司使了一个脸色，明白过来的大祭司这时立马念动咒语，突然间整个楼兰国被一场突如其来的沙尘暴所侵蚀，连同高昌大军一同被埋在罗布泊的滚滚黄沙里，但是在楼兰国即将被黄沙掩埋前的瞬间，楼兰王在生命的最后一刻，声嘶力竭地喊出了他的诅咒。

"从今往后，不准任何人踏入我楼兰古墓，凡是踏入的人必将遭到孤王的诅咒，受尽折磨直至死去。"

当他喊完这一诅咒时，胸前所挂着的双鱼玉佩便瞬间消失了。

第十四章　中村正雄的公司被袭

　　此时的欧阳小枝再一次从睡梦中惊醒，接着还是像往常一样回忆着她的梦境，通过这一场梦她已经了解到了自己的身份，原来她来自距今一千多年前的楼兰古国，她的父亲是楼兰国王，母亲是楼兰王后，而她之所以能够来到现在这个时代是因为双鱼玉佩力量的缘故，更确切地说是她的父王和母后为了救她才让她被彭军带到这个时代的。

　　虽然梦中发生的这一切故事在她看来实在让人匪夷所思，耐人寻味，但是这是事实，并非单纯的梦境，她也只能相信她的梦。

　　当她像往常一样想要从床上站起身去洗漱的时候，脑海里却突然间不受控制回想起她在梦境中父王说的能够控制双鱼玉佩的咒语，这咒语很快便让此刻的她永远地记在了心底，同时也明白了自己的出身和来历。

　　"你醒啦！"

　　一个声音忽然间从她房间外的方向传来，这是叶肖的声音，此时的叶肖早已穿好了外出的衣服，手里提着一样东西，见到欧阳小枝醒来，他接着说："想不到你今天比我晚醒了半个小时呀！见到你这么半天没醒，没人做早饭，我就在楼下去买了你爱吃的牛肉粉和油条，还有粥和包子、馒头，你爱吃哪一样你自己选，剩下的就由我来吃。"

　　而此时的欧阳小枝则心情激动而又急切地想要把她昨天做的梦告诉

叶肖。

"叶肖，我现在想告诉你一件事，这件事对我来说很重要。"

不过，叶肖却不着急知道欧阳小枝想跟他说的事，只见他做了一个打住的手势对欧阳小枝说："你先不要这么着急地告诉我，先去洗漱，吃早点的时候再说吧！"

欧阳小枝洗漱完毕便坐在饭桌前吃着一碗牛肉粉，而叶肖则啃着馒头喝着粥，当欧阳小枝吃完牛肉粉后便很满足地对叶肖赞美道："这碗牛肉粉真不错呀！好吃，实在太好吃了，你选中的那家牛肉粉馆真不错，我很喜欢吃，谢谢你叶肖。"

叶肖则一边喝着粥一边说："呵呵，你不必这么谢我，你要是觉得好吃，那你明天就不用自己做饭了，还是由我出去给你买吧！"

当他喝完粥以后，便主动问道："小枝，你刚才说你要告诉我一件对你来说很重要的事，是什么事呀！"

欧阳小枝一副很认真的态度对叶肖说："我昨晚做梦又梦见楼兰古国了，但是这一次做的梦和以往那三次都不一样，也许你听了以后不会觉得我讲的话是真的，但是我能够很肯定地告诉你，我做的梦全都是真实的，你一定要认认真真听。"

说完之后，她便把昨晚梦到的一切详细地告诉给叶肖，最后补充说了一句："我现在才知道，我其实不是这个时代的人，我出生于一千年前的古代楼兰，是彭军把我带到你们这个时代的。"

"你说什么？"

欧阳小枝此话一出，叶肖立马目瞪口呆地看着她，虽然他心里头相信她刚才所说的一切，但是这些听似离奇而又不可思议的故事，对他来说太让他感到惊奇了。

欧阳小枝这时候又接着说："这场梦估计是我做过的最后一场有关

楼兰古国的梦了，我现在已经完全明白义父生前留下的那张字条是什么意思了，而且我现在也知道了打开我们楼兰古墓能够控制双鱼玉佩的咒语。"

而此时的叶肖在听完欧阳小枝的话后，却一直保持沉默，沉默了许久没有说话，于是欧阳小枝猜测地问道："怎么？难道你不相信我说的一切？我知道我说的这些话听起来像是一段小说故事，可是我能肯定我说的都是实话。"

叶肖点了点头说道："我相信，我当然相信，只不过你这说的故事实在太玄乎了，完全脱离了现实，但我还是相信。"

说完之后，他站起身接着说："我们得把这件事告诉方山和中村正雄他们俩，发掘楼兰古墓，揭开楼兰古国一千年来掩埋在黄沙之下的秘密可是件大事，得跟他们说说。"

但是对这个决定，欧阳小枝心里头仍然有些犹豫。

"可我身为楼兰国的公主，发掘我们历代楼兰王的陵寝，这样做未免有些大逆不道，对不起我们楼兰王的列祖列宗呀！"

叶肖接下来说的一席话，彻底打消了欧阳小枝心头上的顾虑。

"你不要管自己是什么身份，打开古墓揭开楼兰古国尘封千年之谜，这对于我们国家的历史文化而言是一件很伟大的事，这是在为国家做贡献，方山先生是彭军先生的学生，完成彭军先生当年没有完成的任务，这对他来说是一件很重要的事，更何况方山先生又是一名国家级的考古学家，他若能够发掘楼兰古墓，那可具有跨时代的意义，更何况楼兰古国已经远去，你是什么样的身份在现在看来已经不重要了，因为现在是二十一世纪了，现在这个世纪是一个渴望知识、渴望探索知识的世纪，你更应该帮助方山先生。"

放下顾虑后的欧阳小枝便点了点头，答应了叶肖。

"嗯！我听你的，今天我们俩就去吧！"

在方山先生的家中，欧阳小枝把她梦到的一切还有她个人的真实身份当着方山和中村正雄的面都给说了出来。

中村正雄在听到欧阳小枝的话后，心头顿时一怔，有些不可思议地问道："你说你是楼兰王的女儿？不属于现在这个时代？这怎么可能？"

方山这时则在一旁解释说："这个世界有些事情用科学也无法解释的，穿越时空在很多年前就已经得到证实，爱因斯坦和斯蒂芬·霍金都认为穿越时空确实是真实存在的，所以她说的话一定会是真的。"

方山接着说："看来彭军老师当年独自一人去寻找楼兰古墓入口时并没有死，而是穿越时空去往另外一个世界，没想到后来竟然阴差阳错把你给带回来了，我想你义父在信中说出你身世的时候提到过的那个神秘人应该就是老师，他可能现在还在罗布泊，我更应该去楼兰古城遗址，在那儿找到他。"

听方山说到这儿时，叶肖便问道："当年彭军穿越回现在这个时代以后，为什么不以真面目示人，不公开自己已经回来了呢！难道就没想过见一见自己多年未见的亲人？"

中村正雄这时便猜测地解释说："可能老师是不想让人知道他还活着，毕竟失踪了这么多年，若是突然一下公开自己就是当年失踪的彭军，人家肯定不会相信，而他的家人也肯定会怀疑，与其让人怀疑，不如就这样一直隐姓埋名让别人以为自己真是失踪了。"

方山转而对欧阳小枝说："小枝呀！当年彭军之所以要把你交给你义父抚养，肯定是希望你长大了得到控制双鱼玉佩的咒语后能够打开楼兰古墓，完成他的夙愿，只要你能够打开楼兰古墓，他肯定会去那儿找到我们的，我也能够见到我老师了，所以小枝，你一定要随我去罗布泊。"

中村正雄这时也在一旁劝说着欧阳小枝去罗布泊。

"是呀！小枝，方山先生考古也关系到我有关楼兰古国新电影的拍摄，关系到能否用新电影挽回上部电影票房惨淡所造成的损失，全靠你了，所以你一定要帮我们。"

然而，欧阳小枝心里头却依旧记挂着有关她义父死因的那件案子。

"我的确很想帮你们，其实我也想去一趟我的故乡楼兰古国遗址，然后进入古墓去看看有关我父王和母后个人身份的史料，想了解他们是什么人。但是，我心里头仍然放不下我义父的死，在没有查清楚凶手之前，我是不会做别的事的，不管他是不是宫本俊，我都一定要把他绳之以法。"

叶肖点了点头，支持欧阳小枝的想法。

"小枝的意见也是我的意见，她的案子一天没了，我就一天寝食难安，她的事也就是我的事，不找出凶手我也绝对不会罢休。"

说完之后，叶肖便站起身拉着欧阳小枝的手对她说："小枝，我们走。"

叶肖又对方山和中村正雄说："方先生，中村先生，我们现在还有事，就先离开了。"

方山点头对叶肖说："嗯！你们要是有事就去吧！"

而此时的中村正雄在面对着叶肖和欧阳小枝对于寻找凶手的态度表现得是那样坚定时，脸上不由得显露出一丝无可奈何的表情，他很低声地叹了一口气，然后轻声说道："好吧！你们要是有事就去吧！去罗布泊考察的事可以暂时不提，如果决定好了再告诉我们也不迟。"

"嗯！等凶手捉拿归案以后，会给你们答复的，告辞了。"

等到叶肖和欧阳小枝两人出去以后，欧阳小枝不由得一脸疑惑地向叶肖问道："叶肖，我们跟他们毕竟那么熟了，为什么不多跟他们坐一会儿聊一会儿天呢？"

叶肖回答说："因为今天警察局那儿确实有事，又有一个新案子需要处理，你今天还是赶紧回去吧！如果想逛一下街也可以，我仍然会派人暗中保护你，只要抓到袭击你的人顺藤摸瓜，就有希望找出凶手了。"

"嗯！好的。"

三天以后，在叶肖工作的警察局内，有一名来自中村正雄凌云材质服装有限公司的员工前来报案。

"叶警官，我们公司的工厂被烧了，而且找到了嫌疑人作案用的工具，麻烦您去看看吧！"

听到来自中村正雄公司员工的报案后，叶肖心头一怔有些惊讶，于是问道："什么？你们中村老板的工厂出事了吗？"

"是的，麻烦叶警官带人去看看吧！"

叶肖带着王浩还有其他警员来到中村正雄的公司，中村正雄本人也已来到案发现场。

虽然作案现场发生的大火已被扑灭，但是工厂内的一部分刚刚做出来的布料却被烧成灰烬，许多车间内的机器也被这一场突如其来的大火遭到破坏，这样的损失至少得有十几万元财产。

此时的中村正雄很是心痛地流着眼泪，对那个不知名的作案嫌疑人大骂道："巴嘎，太可恶了，我一定要把他们绳之以法。"

叶肖安慰他道："既然事情已经发生了，你应该看开一点，更何况这只是损失了一部分，你应该感到庆幸才是。你放心，我一定会帮你找到凶手的。"

中村正雄这时用手擦干脸上的泪水说道："谢谢你，叶警官，这是我前天收到的一封信，这信上说因为我上次坏了宫本俊派人来刺杀你的好事，所以他就在信里头威胁我，要让我为我的所作所为付出代价，当时我没在意，没想到现在他居然做出来了。"

说完之后，他便把信交到叶肖手上，只见那上面写着的全是日文，没等叶肖仔细研究，中村正雄又将他录制好的监控录像交到叶肖手里头说道："为了能收集证据，助你抓住凶手，我把他当天潜入我工厂的监控录像给录了下来。"

当叶肖拿到那录像没多久，一名警务人员忽然间冲到他面前对他说："报告叶警官，我找到了嫌疑人作案用的汽油桶和一个烧焦的打火机，另外还找到了一个受害人。"

听到这样的消息，叶肖异常兴奋，笑着说："有这么多证据呀！好，这下案子可有的破了。"

说完之后，他搭着中村正雄的肩膀，给他打了一个保票。

"中村先生，放心吧！这案子好破，我一定能有办法把凶手给你揪出来。"

见到叶肖看上去一副很有把握的样子，中村正雄心里头则显得十分开心，只见他带着激动而又兴奋的情绪对叶肖说："太好了，拜托你了，叶警官。"

"没事，没事，这案子就包在我身上吧！"

第十五章　顺藤摸瓜

掌握了中村正雄提供的那些作案证据以后，叶肖首先从中村正雄交给他的那封信中提取到了写信者的指纹，又通过凶手在工厂内留下来的打火机还有汽油壶这两样作案工具，把目标锁定到了在南华市的一家日企汽车公司。

此时的他正在专心致志地观看着中村正雄交到他手上的监控视频，视频中，一个穿着西装的可疑人和一名中村正雄公司穿着制服的员工一同去了厕所，可是出来的时候却没看见那个穿西服的人，紧接着那名穿制服的员工来到了工厂内存放衣服材质的一个大型仓库，然后将一提汽油壶给举了起来，把汽油很均匀地倒在每块做好的衣服材质上，最后用打火机给点着了。

看完这录像以后，叶肖心里头便对这案子有了一些眉目，在脑海中勾勒出了一副凶手作案时的画面，首先那名犯罪嫌疑人在去厕所以后将那名穿着制服的员工给打晕，然后把那名受害的员工给囚禁在男厕所里头让他发不出声，最后换上那名男员工的衣服，出了厕所以后做了录像视频中一系列的犯罪行为，接着工厂着火，趁员工们奋力救火的机会溜走。

想到这个作案场景，叶肖自言自语道："嗯！根据这录像的情况，嫌疑人作案的经过应该是这样的，照这么看来就很容易地能<del>找</del>出凶手。"

可是，他转念一想又觉得这案子似乎有点儿不对劲。

"可是不对呀！宫本俊这个人作案一向十分谨慎，怎么突然一下子暴露了这么多线索呢！这不像是他本人和他手下的作案风格呀！"

但是，叶肖却并没有多想，也没有深入追究，遇上这么多对寻找凶手有利的证据，他不得不牢牢把握住这难得的机会。

就在这个时候，王浩走进他的办公室前来报告。

"叶肖，那名受害人已经醒了。"

听到这个消息后，叶肖心里头显得异常兴奋，只见他一脸开心地说道："受害人醒了，太好了，这一下认证也有了，快带我去医院看看他。"

叶肖来到医院，见到那名受了伤的受害者。只见那名受害者头上正缠着绷带，样子看上去很是普通，大概二十几岁，为了能从他口中套到更多对案子有利的情报，叶肖便急忙对那名受害者说："我是负责这案子的警官叶肖，我需要你把凶手当时袭击你的过程说一下，把他是如何混入你们工厂的经过也说一下，因为这对于整个案子来说非常重要，希望你配合一下。"

听叶肖这么一说，那名受害者便很配合地讲出他受害时的经过。

"原来是叶警官呀！你能够为我做主揪出凶手真是太好了，我一定好好配合。我的名字叫卢枫，是凌云材质企业有限公司的员工，那个凶手是一个名叫山本直木的日企汽车公司老板带过来的，他去厕所的时候他的老板正在和我们老板谈生意，没想到我去厕所的时候，我无缘无故被他袭击了。"

"那你和他之间有没有言语交流？他跟你说过话吗？"

卢枫一边摇头一边回答说："当时去厕所的时候，就只有我跟他，我刚上完厕所正准备出来的时候他就直接一拳头砸在我脸上，然后把我摁在地上直接打晕，同时又把我的衣服脱了，把我的手脚全部捆着丢在厕所里，还往我的嘴里塞了一块布。"

听完卢枫的话后，叶肖微微点了点头，然后又问道："好啦！谢谢你的配合，过程我已经全都知道了。他在打你的时候你应该记得他的样子吧！既然你知道他是汽车公司老板带过来的，那你肯定在他来你们公司的时候见过他，你能形容一下他的长相吗？另外，把你说的那个叫山本直木老板的公司名称告诉我。"

"这个当然没问题，那家伙化成灰我也认得，他头上扎着马尾辫，没有眉毛，脸是椭圆形的，样子看上去刚过三十岁，长得很丑，那家公司的名字叫吉田汽车集团股份有限公司。"

通过卢枫提供的这些线索，叶肖一下子便把目标锁定在了吉田汽车集团股份有限公司，并安排人布置在该公司四周，负责捉拿公司内一名扎着马尾辫，没有眉毛，长着椭圆形脸的中年男子。

在这家公司的周围等过一段时间后，等到该公司下班的时间，见到那些换下制服的员工们一个一个从大门口走了出来，终于注意到符合卢枫提供的长相特征的那名男性员工。

见到那名疑犯正在从公司大门口的方向出来以后渐渐远去，和叶肖躲在一旁观察的王浩开始显得有点着急起来，于是他急忙在一旁催促道："这家伙眼看就要走远了，咱们赶紧把他抓起来吧！"

然而，有远见的叶肖此刻有了他的个人打算，那就是放长线钓大鱼。

"你急什么？如果现在把他抓了，那就一点线索都没有了，我们得跟踪他，等到他回家以后，我们就在他家里把他抓起来，兴许能发现更多东西。"

叶肖带人悄无声息地跟踪那名嫌犯回到家中，那名嫌犯还没来得及休息，叶肖和王浩便带着武警部队破门而入，并用枪指着那名嫌犯的头部大喊道："不许动，不许动！"

那名嫌犯见自己已被包围，只好举起两只手臂束手就擒。

两天以后，叶肖便带领着武警部队查封了吉田汽车集团股份有限公司，并在那儿找到了一座隐蔽的地下室，进入地下室以后便很快抓到了一名黑衣蒙面人和他的同伙，当他们几人全被控制以后，叶肖便走到那黑衣人面前扯下他的面具，然后拿出他手里头一张宫本俊的照片对照了一下，这下子他终于明白眼前这名黑衣人的真实身份。

"呵呵，果然是宫本俊，真是踏破铁鞋无觅处，得来全不费工夫，这回可让我抓到你了。"

说完之后，他便对他手下调动的武警部队命令道："给我带走！"

就这样，宫本俊以及他的同伙都被抓进了警察局，而后被关在了审讯室内，被以叶肖为首的公安机关人员进行审讯。

"宫本俊，我这次终于抓到你了，真是想不到，你一直以来每次派人作案隐藏得那么深也会有疏忽的时候呀！不过，这都得感谢中村正雄，若不是他帮了忙，给我提供了那么多证据，我还真的没有办法能够抓到你。"

此时的宫本俊脸上显露出一丝很懊悔的表情，只见他叹了一口气，用他那被铐着的双手轻轻地捶打着眼前的桌子，带着叹息的语气说道："我也想不到我竟然会栽在你个毛头小子的手里，早知如此我就应该派我的手下袭击你的那一天把你给杀了，而不应该惹上中村正雄那个家伙。哎，都怪我当初派人袭击中村正雄的工厂时用错了人，竟然用上川崎正男一个贪生怕死的软骨头，最终让他出卖，如果不是因为他的懦弱，我也不至于被你抓住。"

"你现在才知道后悔呀！可惜已经晚了，既然你现在已经落到我手里，就得接受公平与正义的审判，按照我们国家的法律法规，你的这些罪状足以判处死刑了。但是，碍于你的外国人这一特殊的身份，若是你能够将你的个人罪行供认不讳，如实道来的话，我们可以把你遣送回你的国家，让你们那边的法院来进行审判。"

听到这话后，考虑到自身利益的宫本俊便决定将自己杀害欧阳少坤教授，企图走私和盗窃楼兰宝藏的犯罪事实和经过一五一十地供出来。

"好，就冲你这句话，我一定好好配合，希望你说话算话。"

"放心吧！我既然对你有这份承诺，是绝对不会食言的，但是你得争取。"

"好，我一定争取，你有什么要问的就尽管问吧！"

过了一段时间，叶肖便和警务人员从审讯室里走了出来，而宫本俊一伙人则被押解至牢房内关了起来。

当叶肖刚刚走出审讯室外的时候，等候在外面的中村正雄这时竟然主动关心起宫本俊的情况。

"叶先生，你们审讯的结果怎么样？决定怎样处置宫本俊？是不是要按照你们国家的法律把他判处死刑？"

看到他表现出一脸紧张的样子，叶肖心里头顿时感到一阵奇怪，但他并没有表现半点很疑惑的样子，反而故作镇定地回答说："本来他所犯的一系列案件在我们国家是必须要判死刑的，但是他毕竟是一个外国人，审讯的时候又积极配合，把他所做的事情毫无保留地进行交代，认罪态度比较好，我们考虑把他引渡回你们国家，交由你们国家的法院来审判。"

听完叶肖的话后，中村正雄便松了一口气，回应道："那就好，那就好，谢天谢地。"

见到他表现出一副很奇怪的举动，叶肖禁不住问道："中村先生，你为什么要为这个凶手祈祷呀！他派人袭击了你的工厂，让你损失了那么多钱，难得你就一点也不恨他吗？"

听到叶肖这么一问，中村正雄这时连忙反应过来而后摇了摇头说道："我不恨，当然不恨，毕竟他跟我是同胞嘛！我当然不想看到他死去呀！"

紧接着，他又急忙给叶肖打招呼道："叶先生，我还有事，要回公司了。"他便急匆匆地离开了警察局。

第十六章　组建楼兰古城考察队

审理完宫本俊的案子以后，叶肖便回到家中，发现欧阳小枝已为他做好了晚饭。欧阳小枝见到叶肖回来了显得十分高兴，而后温柔而又体贴地走到他面前，十分关心地给了他一个温暖的问候。

"你回来啦！工作了一天辛苦了吧！刚才上楼有没有累着呀！快在沙发上坐一会儿我先给你捶捶背，然后去吃饭。"

叶肖则带着十分感激的心情向欧阳小枝回应道："谢谢你呀！小枝，没想到你已经提前把饭做好了，我觉得有你这样的女朋友真是太幸福了。"

说完之后，他便走到客厅靠在沙发上，欧阳小枝则给他捶了捶背，按摩了一下颈部，这让叶肖瞬间感觉一阵舒舒服服的享受。

"舒服呀！太舒服了，小枝呀！想不到你的按摩技术越来越好了呀！今天真是辛苦你了。"

欧阳小枝则一边按摩一边说道："不辛苦，不辛苦，你为了破我义父那件案子，将宫本俊那家伙绳之以法，可谓是劳心劳力，所以我应该为你做点什么。"

当她说到这儿时，便问了叶肖一个问题。

"哎，对了叶肖，既然宫本俊已经被抓到了，你们打算把那家伙怎么处理呀？"

"本来那家伙杀了人应该判处死刑的，但是念在他是外国人，而且被捉住以后认罪态度比较好，对自己所犯的罪供认不讳，所以我们决定把他引渡回国交给他们国家的法律机关进行处置。"

"想不到这家伙坏事做尽也会有被擒住的那一天，看来我义父的案子这回总算是有着落了。"

听到欧阳小枝这么一说，叶肖便用一种很奇怪的眼神看着她，并问道："你怎么不关心他是否判死刑呀？难道你就不想让他给你义父偿命吗？"

欧阳小枝这时微微一笑说道："他判不判死刑对于我来说已经不重要了，既然他已经被警方捉住，不管是判死刑也好还是引渡回国也好，他终将遭到法律的制裁，这样我也就安心了。"

说到这儿时，她便把叶肖从沙发上给拉了起来，而后说道："现在去吃饭吧！因为你成功抓获宫本俊有功，所以我今天特意为你做了一些好吃的菜来犒劳一下子你，快趁热吃吧！不然一会儿饭菜都凉了。"

"好的，没问题。"

到了第二天中午，当叶肖在为有关宫本俊的这个案子忙活一段时间以后，他的手机突然间响了，原来这电话是中村正雄打来的，等到他接通以后，另一头的中村正雄便对他说道："喂！是叶先生吗？我想请你和你女朋友过来商量一下组建楼兰古城考察队的事，麻烦你过来一下吧！"

听完中村正雄的话，叶肖在心里头不由得感叹了一句："真的没想到这家伙居然这么心急，宫本俊刚被捉住，他这么快就催着组建考察队的事。"

"好的，没问题，你现在在哪里？我和小枝很快就过来。"

"我和方先生现在在我上次请你们吃饭的那个餐馆那里，你和你女朋友一块儿过来就是了，还是在原来吃饭的那个厅。"

"好，我们一会儿就过来。"

没过多久，叶肖便带着欧阳小枝来到上次中村正雄请客的那个餐馆，并在那儿找到了他，此时的他正在和方山坐在一块儿愉快地聊着天，见到叶肖和欧阳小枝二人时，便很有礼貌地打了声招呼。

"叶警官，欧阳小姐，请坐，请坐。"

叶肖则一边坐一边很有礼貌地向中村正雄回应道："中村先生真是太客气了，这回又让你请客花钱，真是不好意思呀！"

"哪里，哪里，这次你把袭击我公司的凶手宫本俊绳之以法，我感谢你还来不及呢！所以这顿饭我应该请，宫本俊这家伙现在被捉住，这是一件大喜事呀！得庆祝庆祝。"

方山先生这时也对叶肖说："是呀！中村先生说得没错，宫本俊现在在牢里，他已经犯不了任何案子了，这是一件值得人庆祝的事，叶警官真是功不可没呀！看来你这个全国十大警界青年之首的名号绝非浪得虚名呀！"

叶肖这时微微一笑对方山说："哪里哪里，方山先生过奖了，破获宫本俊的案件中村先生也出了不少力呀！若不是他给我提供了那么多有利证据，我也不能顺藤摸瓜这么成功就捉到宫本俊。"

听完叶肖的话后，中村正雄便笑着说："哈哈，叶警官真是太过谦了，如今宫本俊已经被捉住，就不必担心他觊觎你们国家的文物了，也不必再担心他坑害你们身边的任何一个人了。"

而方山先生此刻却更加在意组建奔赴罗布泊考察楼兰古城的考察队的事。

"既然宫本俊已经被捉了，欧阳教授的仇也已经报了，那么欧阳小姐是否能够随我组建的考察队去罗布泊了呢？你当初答应我们说等你义父的案子了结以后，你会答应跟随考察队一块儿去楼兰古城遗址那儿的。"

此时的欧阳小枝因为从梦境之中知道了自己的真实身份，也想去楼兰古墓中了解自己的父王和母后，了解自己出生的国家，便直接答应了方山，只见她点了点头说道："当然可以，我说过的话一定算数，我是不会食言的，既然宫本俊已经被捉住，我义父九泉之下也该瞑目了，正好我也想去楼兰古墓那儿了解我出生的国家，了解自己的父王和母后，所以我愿意跟你的考察队一起去。"

见到欧阳小枝如此爽快地答应，坐在一旁的中村正雄忍不住兴奋地说道："太好了，等你们回来的时候，我就能够拥有一部关于楼兰古国题材的真实历史，把我上部电影的损失挽救回来了。"

叶肖这时则搭着中村正雄的肩膀说道："不仅是你上部电影的损失，就连宫本俊派人去你工厂那儿搞破坏的损失也一样能够挽回，我很期待你的新电影。"

说到这儿时，叶肖便举起酒杯主动敬了方山先生一杯酒说："方山先生，考察的这几天我的小枝就麻烦您照顾了，另外预祝你们旗开得胜，马到成功，成功揭开楼兰古国的奥秘。"

方山这时也非常高兴地举起酒杯给叶肖碰了一杯酒说道："放心吧！这一路上我会让我队伍里的学生们好好照顾你的小枝的，一定会确保她在那里平安无事，安全归来。"

"嗯！有你这句话我就放心了，祝你们一路平安。"

这个时候，中村正雄指了指餐桌上还没动的那些菜说道："我们还是快吃饭吧！再不吃，饭菜都凉了，有什么其他的话留着吃完饭再说吧！"

"好，吃菜，吃菜。"

说完，所有人便一同吃着桌子上的饭菜。

三天的时间很快便过去了，方山也在这三天时间内组建好了奔赴罗布泊去楼兰古城遗址考察的考察队，而欧阳小枝此时已经收拾好了一切，准备跟随着方山先生的考察队伍赶赴罗布泊，就在她即将奔赴罗布泊的前一天，叶肖把他买的一部新手机交给了她，并对她说："这是我给你买的新手机，你打开看一看。"

见到叶肖这一让她感到意外的举动，欧阳小枝禁不住好奇地问道："你为什么又要给我买手机呀！我这手机是你上个月给我买的，已经很新了，你为什么又要给我买呀？"

"没关系，多用几部手机无所谓，再说现在的机子更新换代很快的，总之你打开看看吧！里头的功能跟我上次给你买的手机一模一样，你只要把卡放进这新手机里就行了。"

于是，欧阳小枝便打开手机的包装盒一看，发现叶肖给她买的这部手机竟然和她现在用的手机一模一样，她不由得把新手机给退了回去并对叶肖说道："算了吧！不用了，我劝你还是退回去吧！太破费了，我现在用的这部手机跟这新机子一样新，根本不用再换一部。"

没想到，叶肖这时竟然一脸严肃地对她说："小枝，你听我的，这新手机你必须要换，去了罗布泊以后你必须一直把它带在身上一刻也不能离开，听见没？"

见到眼前的叶肖如此态度坚决地要求自己换手机，欧阳小枝便只好听他的话，把手机给换了。

"好的，我听你的，换了就是了。"

当欧阳小枝把旧手机里的内存卡拔出来插进叶肖给她买的新手机里头时，叶肖便背过身去对她说："我让你换手机的原因暂时还不能告诉你，等你去了楼兰古城遗址那儿以后你自然就会知道。"

到了第二天，在南华市机场的候机厅内，方山带着他的考察队伍正在向叶肖道别，在他带的这支考察队伍当中，自然而然就有欧阳小枝的身影，其他人便是方山认识的一些考古专家以及他的老战友，还有学生和他身边的保镖陈国强。

"飞机再过不久就要起飞了，叶警官你就送到这儿吧！我们会照顾好欧阳小姐的。"

说话的这个人正是陈国强，此时的他正站在方山身边对叶肖说道，叶肖则微微地点了点头回应道："嗯！小枝在你们身边我非常放心，这一路上就有劳你们照顾一下她吧！若不是因为我还要审理宫本俊的案子，我也肯定会随你们一起去新疆的。"

欧阳小枝一脸激动而又带着感动的心情对叶肖说："叶肖，谢谢你还这么关心我，不过你放心，在那儿我会自己照顾好自己的，等我在那儿办完事以后，我一定会回来找你，到时候我们两个就结婚。"

听到欧阳小枝这么一说，方山便笑了起来，然后说道："哈哈哈，想不到欧阳小姐你这么快就跟你男朋友私订终身了呀！想不到你们年轻人对于结婚也这么着急呀！不过你们对待爱情的方式也是蛮有新意的。"

说到这儿，方山不由得想到了一个人，于是接着说："只可惜中村正雄这家伙今天因为忙所以没来，要是他来了以后听到欧阳小姐这番话，肯定忍不住也要笑出声来。"

叶肖这时则对方山说："中村先生今天在电话里头跟我说，他今天有事要出差，所以提前乘飞机飞走了，所以很遗憾呀！不过，他说他在临走之前，要托人给方山先生您送一样东西。"

"是什么东西？"

"这个我就不知道了，但是这个点已经过了，东西恐怕已经不会送来了。"

就在这个时候，一名身穿凌云材质有限公司的男性员工正急匆匆地拿着一样小型背包朝着方山站着的方向赶来，等到他赶到方山身旁时，累得已是气喘吁吁，一边大口大口喘着气一边对方山说："可让我赶上了，您就是方山先生吧！我是中村董事长派来给您送东西的，我叫郑华。"

站在一旁的叶肖此时正观察着郑华的相貌，只见他看起来约有二十几岁的样子，眉毛很浓，长着一张圆形的脸蛋，虽说看起来不帅但是也不丑。

方山接过郑华递给他的背包一看，原来是个不锈钢的大水壶，这让方山心里头不由得感到一阵高兴，于是他笑道："哈哈，这个中村正雄真是想不到对人还很体贴的，有了这个东西装水，在沙漠里行走的时候就不怕口渴。"

说完之后，方山轻轻用手拍打了一下郑华的肩膀说道："等你们老板回来之后，替我好好谢谢他。"

"嗯！一定一定，祝方山先生您早日平安归来，我们董事长说他很期待您能在那儿给他弄到一部关于楼兰国历史题材的好剧本呢！"

"好的，这没问题。"

就在这个时候，方山他们等候的飞机马上就要起飞了，无奈之下他们只好往候机室的方向缓缓走去，欧阳小枝跟着方山的队伍行走，还时不时地转过身跟叶肖道别。

"叶肖，保重啊！你要等着我回来。"

"小枝，路上注意安全，我等着你。"

第十七章　中村正雄的真面目

　　欧阳小枝跟随着方山带领下的考察队经过大约两个小时的航程终于抵达新疆的乌鲁木齐机场，下飞机后很快便见到中村正雄派去的接待人。

　　这位接待人名叫陈礼，看上去三十多岁，穿着一身黑西服打着领带，虽说长得不帅但却有几分成熟男人的气质，他是凌云材质有限公司新疆分部的办事接待员，专门负责总公司与新疆分公司之间的联系，中村正雄每次前来新疆这儿视察分公司时，几乎都是由他接待的。

　　"方山先生，您好，您好，我叫陈礼，是我们公司的中村老总要我来机场这儿接待你们的，久仰大名如雷贯耳呀！在您认识我们中村老板以前，我早就听说过你的大名了。"

　　说完之后，陈礼便拿出了他的证件递给了方山，方山这时则微微一笑说道："哈哈，想不到中村正雄这小子为我们想得这么周到呀！来新疆这儿竟然有人接待，竟然没有事先通知我。"

　　说罢，便将证件还给了陈礼，然后接着说："今天就有劳你们了，然后替我谢谢你们的中村老总。"

　　陈礼一脸客气地说："这是应该的，应该的，中村老总说您的这支考察队是他出资组建，特意嘱咐我要好生接待，今天晚上我请你们吃一顿新疆这儿的特色美食，明天我们就送你们去罗布泊。"

在一旁的欧阳小枝听到这儿时，不由得一脸兴奋地说："太好了，我还以为到了新疆这儿要自己订宾馆自己花钱坐车去罗布泊呢！这下子连订宾馆的钱还有车子的钱都给免了。"

听到欧阳小枝这么一说，陈礼便保持着他那客气而又礼貌的态度对她说道："那是当然呀！你们这一路上吃和住我们都包了，等你们考察完毕之后就打我电话，我会亲自过去迎接你们，然后给你们订机票回去。"

说完之后，他仔细地打量了一下欧阳小枝，接着说："你一定就是欧阳小枝小姐吧！中村老总跟我提起过你的，他说除了方山先生以外，你也是考察队重点接待的一员，所以我今天特意为你订了最好的房间供你居住。"

"啊！那太谢谢你了。"

"不用客气，这都是按照我们中村老板的吩咐这样做的，欧阳小姐不仅人长得美，而且嘴巴又那么甜，能够接待你本人我真是感到万分荣幸呀！"

听他这么一夸，欧阳小枝心里顿时感到一阵高兴，只见她微微一笑低下头什么话也没有说，而她身旁的方山则对眼前这位中村正雄安排的接待人感到十分满意。

"哈哈，中村正雄安排的人真不错，我们坐了这么长时间飞机也累了，你还是快让我们上车吧！"

"好的，方山先生，听我们中村老总说你们是十个人对吧！十个人正好能坐得下我们的巴士。"

说完，他便把站在不远处的司机叫了过来，对他说："杨司机，快把你的车厢打开，顺便帮他们拿一下行李。"

陈礼带着方山和欧阳小枝一行人来到了乌鲁木齐一座豪华宾馆内的餐厅吃饭，并且还提前安排一桌丰盛的酒菜，此时的他和方山坐在一块儿很是热情地介绍着桌子上的饭菜。

"这是大盘鸡，这是烤羊肉串，这是新疆特色抓饭，这是拉条子，这是羊肉汤，这是新疆本地的炒青菜，还有特色凉菜。"

"哇，好丰盛呀！"

欧阳小枝看着桌子上这一桌丰盛而又可口的美味佳肴，忍不住地赞叹道。

方山则怀着一脸感激的心情，对陈礼说："想不到今天的晚餐竟然这么丰富，真是太谢谢你了，把我们招待得这么周到，非常感谢。"

说完之后，他又看了看坐在陈礼身旁的杨司机，也向他感谢道："也谢谢杨司机。"

这位姓杨的司机跟陈礼比起来，年龄则显得比较大，看上去四五十岁的样子，留着一头花白头发，开车经验相对来说应该比较丰富，只见他面带微笑同样一脸客气地对方山说："不客气，我们都是奉了我们老总的吩咐好好招待你们，如果你们还有什么其他吩咐，就尽管开口。"

然而，他在说完这句话以后，却对方山脸上带着的面具比较好奇，于是问道："方山先生，您为什么脸上一直戴着这个面具呀？"

方山于是解释说："哦！我的这张脸在很多年前因为一次意外，所以一直不敢以真面目示人，怕吓着人家，所以我就一直把面具戴着。"

"哦！原来如此。"

就在这时，方山拿出中村正雄托人在机场那儿送给他的那把不锈钢的大水壶说道："你们的中村老总想的可真周到呀！居然派你们员工送给我这么一个大水壶，有了这个大水壶呀！在沙漠里边行走的时候就不怕缺水了，只可惜今天他忙没来送我们，要是今天他能过来专程送我们一程就好了。"

陈礼这时对方山说："我们老总今天因为要谈生意，所以出国去了，他跟我说过他也很想去机场那儿送一送你们，可惜时间紧迫得赶去国外呀！"

方山这时便点了点头说："嗯！可以理解，你们中村老板毕竟是个生意人，工作上的事多少会有点忙，我从来没有怪过他。"

"嗯，您能理解就好。"

陈礼说完，便又给他们说了一下住宾馆的事。

"你们吃完饭后，就在这宾馆住下吧！这是咱们新疆这儿最豪华的宾馆，里头有很多娱乐设施，欧阳小姐如果喜欢运动的话可以到处去逛一逛，另外我给你安排的是一间总统套房。"

听到这儿，欧阳小枝连忙一脸感激地对陈礼说："陈先生，真是太谢谢你了。"

陈礼则摆了摆手说："不必谢我，是我们老总让我这么做的。"

说完之后，他便拿了几串羊肉串递给坐在他身旁的欧阳小枝和方山说道："来新疆这儿不品尝一下他们这里的羊肉串，就白来新疆了，咱们还是一块儿吃吧！"

"好，一起吃吧！"

休息的时候到了，此时的欧阳小枝在她的总统套房内洗完澡以后，便打开了离床头不远处的电视，看了一会儿电视节目以后，又打通叶肖的电话并和他通起话来。

"喂！是叶肖吗？你吃饭了没？"

电话另一头的叶肖这时则回答说："我刚刚吃过了，你呢？"

"我早就吃了，没想到中村正雄派人去新疆那边接待我们，给我们安排吃，安排住，相当热情呀！今天晚上还吃了新疆几个特色的菜，真的让我回味无穷啊！"

"哈哈，听你这么说我的口水都快要流出来了，我今天就在外面吃了一碗炒饭，可怜呀！"

"哈哈，不要这么说嘛！等我回去以后一定会给你做好吃的，这些天你就委屈将就一下吧！要好好吃饭，听到没？"

"知道了，老婆，等你回来之前你就提前告诉我，我好去机场那儿接你。"

"好的，没问题。不过，你现在喊我老婆是不是太早了点呀！"

"不早呀！提前喊不是一样吗？你不是说等你回来以后咱们两个就结婚吗？"

"哈哈，那是当然的呀！不过，现在时间不早了就聊到这儿吧！明天的探险我非常期待。"

"好的，那祝你明天探险一路平安，拜拜。"

"拜拜。"

说罢，二人便同时挂断了电话，然而就在叶肖刚刚挂断电话不久，他的电话又再一次响了起来，于是他接通电话一听，原来是王浩打过来的。

"叶队长，唐龙和李永清他们俩从日本那儿回来了，还嚷着要见你，并且有重要事情向你汇报，另外我们还接到一名中村正雄公司员工的报案，你快点赶到警察局这儿来吧！"

"好，我马上过来。"

紧接着，叶肖便急匆匆地换好衣服，下楼以后便开着他的车子赶到警察局，当他赶到警察局以后，便看见唐龙和李永清正在他的办公室里等着他，见到他们以后叶肖便急忙问道："唐龙，李永清，你们俩终于回国了，我可把你们盼回来了，你们这么长时间在日本那里查到什么了吗？"

唐龙于是点了点头回答说："查到了，那个名叫中村正雄的人在日本根本不存在，而且我已查到了日本勾玉有什么作用。"

听到这话后，叶肖禁不住心头一怔，有些吃惊地问道："你说什么？"

李永清这时便在一旁接着唐龙的话说道："这一次我们能从日本回来可真是九死一生呀！此事非同小可，你还是听我们两个慢慢跟你道来吧！"

……

叶肖来到一家医院，见到了王浩说的那个报案人，只见那报案人此时正躺在病床上接受着医生的治疗，身上穿着的衣服上全都是土，就连他头发上皮肤上也全部都是，而这个报案人叶肖也认识，就是今天中午送方山水壶的那个名叫郑华的青年员工，于是他一脸震惊地问道："郑华？原来报案的人是你？到底发生什么事了？"

只见郑华的脸上充满着怒意，声音低沉地回答说："中村正雄这家伙简直不是人，他是畜生，是他在电话里命人把我活埋的。"

"你说什么？"

听郑华这么一说，叶肖心里头越来越觉得中村正雄这个人肯定不像表面上看上去那样的单纯，而是一个城府极深的阴谋家。

"叶警官，事情是这样的……"

时间又过去了几个小时，在这天晚上深夜，叶肖带领着一批武警部队队员连夜查封并包围了中村正雄的总公司，并在那儿发现一座秘密仓库，在仓库那儿，把仓库里搜到的材质和前些时从一名杀手身上搜到的材质拿来一对比，果然一模一样。

这下，叶肖终于完全明白关于欧阳少坤教授遇害的整个案子到底是怎么一回事了，终于知道真正的宫本俊到底是谁，于是他捏紧拳头自言自语道："中村正雄，你果然没有我想象中的那么简单，这回可算是让我知道你的真面目了。"

第十八章　方山竟然就是彭军

到了第二天天一亮，欧阳小枝醒来之后在卫生间洗漱完毕便去了酒店二楼的餐厅那儿，津津有味地吃着有着维吾尔族当地特色的自助餐，而方山则起得比她早，早餐后，看见他身后的那个中村正雄送他的大水壶，想到昨天因为忘记给那个大水壶灌水时，便带着懊恼情绪，懊悔不已地说道："我可真马虎，怎么把这件事给忘记了呢！这可是关乎我们整个考察队命运的大水壶呀！"

他拿着大水壶往里面灌了一满壶水。

过了一会儿，考察队的成员便在酒店大厅那儿等来了负责接他们的陈礼和杨司机，当陈礼见到方山时，便再一次很有礼貌地跟他打了声招呼。

"方先生，早呀！今天的早餐怎么样？合不合你们的胃口？"

方山这时则同样一脸客气地回应道："早餐很不错，很有当地特色，很好吃，我们都非常喜欢。"

"啊哈，那就好，那就好，只要你们喜欢那我就放心了，现在跟我们走吧！我们现在开车送你们去罗布泊那儿。"

说完之后，陈礼便向站在他身后的杨司机吩咐道："杨司机，快过来帮着拿行李吧！"

等到他们帮着方山和欧阳小枝一行人把行李搬上巴士车上的时候，

陈礼便注意到方山的身上依然还背着那个大水壶，于是他说道："方山先生，水壶就跟行李放在一起吧！您这样背在身上会很累很累的。"

"那好吧！"

方山没有多想便卸下背在身上的水壶，然后空着手走上巴士。

过了一会儿，巴士便离开了酒店行驶在去往罗布泊的路上。

与此同时，远在南华市的叶肖和王浩还有其他多名负责与新疆当地警察联络的警员此时已经乘上了从南华市飞往乌鲁木齐的飞机，就在飞机刚刚起飞的那一刻，叶肖便在心里头默默地说："小枝，我一定会过来救你的，你一定要等着我。"

而另外一方面，载着方山和欧阳小枝一行人的那辆巴士穿越那荒无人烟的戈壁荒漠，塔里木盆地那贫瘠的荒原，还有那人迹罕至的深山幽谷，以及那飘舞着飞沙走石，宽广无垠的沙漠，经过十几个小时的奔波，终于停在了距离楼兰古城遗址一处比较近的地方。

在即将下车之前，陈礼向方山等人嘱咐道："离着这不远处就是当年楼兰王诅咒的那片区域，凡是进入区域的人和车辆一旦进入就再也不会有出来的可能，所以我们只能送你们到这里了，剩下的路需要你们自己走，祝你们平安归来，等你们从那儿走出来以后，就打电话联系我们，我们好过来接你们。"

方山听完陈礼的话后，便回应道："知道了，谢谢你的提醒。"

所有考察队队员全都下了车，然后背着身上的行李徒步前进，往楼兰古城遗址的核心区域那边走去。

此时的欧阳小枝已经拿出她义父留给她的那张楼兰古城遗址的路线地图，并沿着地图上所指的路线带着她身边的队友们一路前行。

当他们一行人沿着地图上的路线行走至接近楼兰王诅咒的那片区域时，四周突然之间刮起了一阵狂风，把他们脚下沙漠中的沙子给卷入空中，伴随着那一粒粒卷入狂风中那无数粒沙子吹在考察队员们的脸上，使得他们都睁不开眼睛，无奈之下便只好用衣服上的袖子遮挡住双眼和耳朵不让那些沙子侵入，不一会儿他们当中的一些人开始变得神志不清，胡言乱语。

其中一名考古队队伍里的男性一边捂着自己的眼睛和耳朵，一边自言自语地说："求求你，不要过来，不要过来。"

还有一名女性胡言乱语地说道："尊敬的大王，我知罪，我知罪，求求你放过我吧！放过我吧！"

说完之后，两人便开始胡乱地四处奔跑，不知道要去哪里。

这个时候，方山和他的保镖陈国强一人抓住了一个，并在他们俩的耳畔边不断地提示着。

"你们冷静一点，这是楼兰王的诅咒，要稳住心神，千万不要让他的诅咒操控你们的意志。"

听到方山说到这儿时，队伍之中还没有让楼兰王诅咒摄入心神的一名队员便说道："当年的彭军可能就是被这诅咒给害死的。"

而这时候的欧阳小枝便拿出了戴在她脖子上的双鱼玉佩，然后将双鱼玉佩握在手上紧闭双眼，念动着每日每夜无时无刻在她脑海中不断涌现的咒语，不一会儿便有一道金光附着在她身上。

再过一会儿，刚才那一阵如同惊涛骇浪般肆虐的沙尘暴一下子没了脾气，周围的一切一下子也全都恢复平静，而那两名中了楼兰王诅咒的队员也都恢复了理智。

这个时候，欧阳小枝拿出地图对所有人说道："我们接着走吧！要不了多久就到了。"

就这样，他们沿着地图上所标记的路线继续前行，直到欧阳小枝带领着这支队伍抵达地图上所标记的目的地时，她便情不自禁地说道："就是这里了，我梦中的楼兰国就是被掩埋在这里的。"

而此时的方山似乎已经知道了有关双鱼玉佩的那一点秘密，只见他转过头对欧阳小枝说："小枝，快念动咒语，把埋住楼兰古城的沙子给吸走，这样我们就能见着楼兰古城的核心区域了，而楼兰古墓就在那里。"

听完方山的话后，欧阳小枝心里头顿时感到一阵疑惑，于是她问道："方山先生，请问您是怎么知道这个秘密的？"

方山则没有回答她，而是在一旁催促道："先别问那么多了，我一会儿会告诉你的，快一点。"

于是，欧阳小枝便再一次念了一下刚才的咒语，当她念完咒语的那一刻，又是一道金光附着在她全身。

不一会儿，在他们面前的那片沙漠区域便不停地抖动着，沙子也在那片抖动着的区域持续不断地涌向四周，直到区域内所有的沙子全都涌出以后，便形成一个巨大的凹洞，在凹洞的最下方，欧阳小枝便看见一座保持着古代原样的一部分城市，那便是楼兰古城最核心的位置。

见到出现在他们面前的楼兰古城以后，方山不由得激动万分，只见他一脸兴奋地这样说道："埋在沙子底下一千多年的楼兰古城终于重见天日了。"

说完之后，他对考察队里的所有人员说道："我们现在沿着沙漠凹洞的斜面下去看一看，找出楼兰古墓的入口。"

紧接着，所有人便一同跟随着他的脚步，沿着凹洞的斜面进入楼兰古城，当他们一行人刚刚进入楼兰古城的城门口时，发现城门口那儿到处都是堆积如山的白骨和有兵器的残骸，其中一名考察队员禁不住问道："哇！怎么有这么多骸骨呀！他们为何会死在这里？"

方山回答说："这些骸骨的主人就是当年的高昌大军，当年的高昌大军为了得到楼兰宝藏，打开楼兰王的陵墓便入侵了楼兰国，强行要挟楼兰王打开古墓，后来楼兰王为了保护他的臣民免受高昌大军的杀戮，要求高昌大军放平民出城，高昌军的将军为了得到古墓内的宝藏，便把城内所有平民全都放出城去，可是等到城内所有的平民百姓们全部被放出去以后，楼兰王却借助双鱼玉佩的力量念动了咒语，把整个楼兰城连同他和高昌大军一同埋入沙漠之中壮烈殉国。"

"哦！原来是这样。"

然而，当方山在说这话的同时，欧阳小枝心里头不由得更加疑惑了，她很疑惑为什么方山说的故事和她梦中见到的场景几乎一模一样，她依稀记得那天她把梦境告诉给方山的时候只说出大概，没有说得那么仔细，可是他为何就能够把她梦中的一切经过说的是那样的详细呢！

带着她心中的这个疑惑，欧阳小枝便跟随着其他队伍跟在方山身后，想要看看方山还知道一些什么事，然而当她在跟随队伍的同时，发现方山似乎对楼兰古城的路径相当熟悉，很快他便带着考察的队伍从外城来到内城，而内城正是当年楼兰王室所居住的地方，也是楼兰王当年殉难的那个位置。

就在这个时候，方山突然间指了指其中的两具骸骨对欧阳小枝说："小枝，这两具骸骨就是你的父王和母后的。"

欧阳小枝这时一脸惊讶地问道："啊！你是怎么知道的？"

"你看其中一具骸骨旁边有个金制的王冠，所以我就知道那肯定是你父王，而你父王施法殉难的时候你母后就在他旁边。"

说完这话后，他便在其中一具骸骨旁捡到了一个铜制玩偶递给了欧阳小枝，只见这铜制玩偶上面的铜已经变得发青，玩偶的五官在这一千多年的风沙中掩埋已经变得面目全非，不过值得一提的是，这玩偶雕刻出来的衣服看起来一点也不像是一千多年前的人穿的衣服，反而是一件西服，非常的现代化。

"这是你小的时候玩的玩具，你在你梦中见过吗？"

欧阳小枝则微微地点了点头，寻着自己有关楼兰古国的梦境一边回忆一边说道："这个我有些印象，这是你的老师彭军穿越到我们楼兰古城这儿时，给我做的一个玩偶。"

说完之后，她便反问了一句："请问您是怎么知道得那样清楚的？"

方山这时微微一笑，一边摘下面具一边对欧阳小枝说："我当然知道，因为这玩偶是我给你做的，其实我就是当年失踪在罗布泊的彭军。"

"什么？你说你是彭军？"

"你看一看我的样子就知道了，你的干爷爷那儿不是有一张我与你爷爷的合影吗？我想你应该见过。"

听完方山的话后，欧阳小枝便仔细地打量着眼前的方山，看他的样子确实和自己以前从她干爷爷那儿看到的一张彭军的照片中的形象一模一样，这才意识到，眼前这个人真的就是当年失踪在罗布泊的彭军。

"原来你真的是当年失踪在罗布泊，后来穿越时空回到楼兰古代，又把我从楼兰古代那儿穿越到未来的彭军？"

彭军这时候微微点了一下头，说出了他把欧阳小枝带到楼兰遗址这儿来的目的。

"没错，当年你父王和母后为了不让你被黄沙掩埋楼兰城中，也为了不让你被高昌大军杀害，便用双鱼玉佩的力量让我带着你回到1998年，后来我看见我的学生也就是你义父欧阳少坤带着一行人寻着我当年和他父亲的足迹来到罗布泊楼兰遗址那儿考察，想要在那儿找到我的遗体，便决定把你放到你义父那儿收养，并把有关你父王之前跟我讲过的有关双鱼玉佩和你之间的秘密的一切全都告诉给他，目的就是为了在你长大以后，能够通过你做的梦获取控制双鱼玉佩的咒语，帮我打开楼兰古城墓室。"

听完彭军的话以后，欧阳小枝便恍然大悟道："原来我义父在信中提到过的那个神秘人就是你。"

"没错。"

听到彭军此时已当着欧阳小枝的面，承认了自己的真实身份，其他人见状后也同样感到一脸惊讶！只见其中一名应征招募的考察队员脸上露出一丝非常震惊的表情，然后问道："您真的就是当年失踪在罗布泊的那位考察楼兰古城遗址先驱的彭军先生吗？我小的时候就曾经听过您的大名，听说您当年在罗布泊那儿遭遇过那一场意外以后，国家动用了大量人力物力在这儿寻找您，可是活不见人，死不见尸，没想到您是穿越到另外一个时空了呀！"

另外一名考察队员这个时候也同样一脸震惊地说道："想不到这天底下竟然还真的存在像穿越时空这样离奇的事件。"还禁不住问道："可是既然您已经穿越回现代了，为何不向别人证明您就是当年失踪在罗布泊的彭军？您的家人现在都在哀痛之中，难道您就不想回去见见他们给他们报个平安吗？"

彭军这时摇了摇头，说道："我当然非常挂念自己的亲人，也曾想过要回去看看他们，可是整件事情看起来那么离奇，就算我当着所有人的面公开我的身份，有谁会相信呢？而我的家人肯定也会对我产生怀疑，怀疑我是冒充的，与其这样倒不如换一个身份隐姓埋名。"

说到这儿时，他便背过身去感叹道："过去的彭军就让他过去吧！反正所有人都以为我已经死了，那就是死了吧！可是我这多年来想要挖掘楼兰古墓的心愿还没实现，今天就让我实现吧！"

说完之后，他又转过身面对着所有的考察队员和欧阳小枝说道："现在我就带你们去楼兰古墓的入口。"

紧接着，便凭着他在穿越回楼兰古国之时，楼兰王曾经带他去参观楼兰王陵墓的记忆往楼兰古墓的方向走去。

可是走到一半的时候，所有人突然之间感到一阵口渴，不愿意继续往前走了。

"哎呀！我好口渴，可惜带的水我都喝完了，现在没水喝走不动了。"

"我也是呀！走不动了，早知道这样我就应该带多一点水的。"

这个时候，欧阳小枝便对彭军说："我的水也喝完了，照这样下去可不是办法。彭军先生，您背在身后的水壶里的水应该还没用过吧！快分给我们喝吧！"

听欧阳小枝这么一说，彭军便把他背在身上的那一大水壶给卸了下来，等到他卸下来以后便说道："现在就只剩下这个了，正好可以应个急，来吧！别客气，把这一壶水全都喝光吧！"

渴得不行的考察队员们很快便喝干了彭军带来的那一大壶水，喝过水以后的队员们恢复了精神和活力，彭军这时便对所有人说道："你们再也不渴了吧！现在继续赶路吧！"

很快，他们便在彭军的带领下，来到了楼兰古墓的入口，只见那楼兰古墓的入口正建在地下，入口处有两扇门被关得严严实实的，在那两扇门的中间有一个水晶做的圆形凹面，凹面的正前方便是进入陵墓的台阶。

所有人这时候，便全都顺着陵墓的台阶一直往地底处的方向走，直到走到墓室的大门那儿时，彭军便对欧阳小枝说："小枝，快用双鱼玉佩打开墓室的大门。"

"是。"

欧阳小枝这时候便从脖子上取下双鱼玉佩，然后把双鱼玉佩放在楼兰古墓门口处的凹面，紧接着闭上眼睛念动咒语，不一会儿在那两扇门的缝隙处散发出一道金色的光线，欧阳小枝这时便将双鱼玉佩给拿了回去，而门就在这一瞬间由外而内自动打开了。

第十九章　彭军的真面目

就在墓室大门打开的那一刻，欧阳小枝便看见出现在她面前的是一条狭长的地道，地道的四周一片漆黑，由于没有火光的照耀，令人不知道这地道的四周究竟充满着哪些未知的危机，这让每个人心里头都不由得产生了一丝焦躁不安、恐惧与担忧的情绪。

这个时候，领队的彭军对考察队队伍里的所有人员吩咐道："快把手电筒打开，这地道是通往墓室的，里头可能机关重重，大家一定要小心。"

过了一会儿，考察队的所有成员便打开了他们手中各自的手电筒，然后小心翼翼地紧靠在一起以免触碰地道内的机关，当灯光扫射至地道墙上的那一刻，彭军等人发现在这地道墙壁的下面便是堆满木炭的火盆，这一下让彭军顿时有了主意。

"想不到这地道到处都有火盆呀！不如我们点上一个火把，把这火盆全部点燃，这样就可以看得见了。"

彭军的话音刚落，队员们便按照他的建议，各自点燃了火把，直到把将所有的火盆给点燃。

不一会儿，整个地道便被火盆中的火光给照亮了，整个地道墙壁上的壁画此刻也全都毫无保留地显现出来了，只见这壁画上画着的那些画既有两汉魏晋时期的风格，又有唐朝时期的风格，这让懂得考古学文化知识的彭军禁不住赞美道："哇，这些壁画好精美呀！画风仍旧保持着两汉时期，还有魏晋南北朝时期的原貌，更保留着盛唐时期的画风，这是我见过的保存得最好的壁画，具有很高的研究价值呀！这个要是能够向外界公开，肯定能赚取不少财富呀！而且对我国考古历史的研究具有跨时代的意义。"

而其他几名考察队队员这时候也说道："这些壁画在墓室里头沉睡了上千年了，如今终于等到它重见天日的时候，这个发现肯定会惊动全世界的呀！"

"这楼兰古国在历史上存在了上千年，与我们中原王朝的关系一直亲密，所以自然而然就保留了中原历代王朝的绘画风格，要是把这个一公开，肯定能够轰动全世界呀！到时候我们几个就都发财了。"

面对着这些眼中只有利益和财富的考察队，欧阳小枝从他们的表情和眼神间还有心灵深处看到了他们的贪婪、自私和丑恶的嘴脸。

当他们一行人走到地道的尽头时，欧阳小枝便又一次念动咒语，不一会儿地道尽头处的那扇门也被打开了，就在地道尽头处的那扇门打开的那一刻，所有人把手电筒往墓室的顶部一照，顿时眼前一亮，只见这里的一切竟然没有他们想象中的那般黑暗，而是被墓室顶部的一颗颗密密麻麻的夜明珠给照得异常明亮。

见到这一情况后，彭军便解释说："没错，当年楼兰王就曾经告诉过我，楼兰古墓内的建筑结构完全是照搬司马迁《史记》里所提到过的秦始皇墓室的结构，以夜明珠为星辰，以水银为江海，只是楼兰国处于西域边陲之地，没有中原王朝那般富裕弄不到那么多的水银，所以楼兰王的古墓里便没有水银。"

这个时候，其中一名穿着红色衣服的考察队队员说道："楼兰国过去处于丝绸之路上的枢纽，无论是来自中原地区的商人还是来自西域地区的商人，只要通过丝绸之路，都得经过楼兰，所以楼兰国就保存着西域和中原地区的诸多文物和商品，拥有这么多名贵的夜明珠，就不足为奇了，说不定还能在这儿挖到更多宝物。"

　　而欧阳小枝则更重视墓室内的那些陪葬的有关楼兰古国历史的典籍和史料，于是便说道："楼兰古墓里其实最重要的是有关该国的历史典籍，我们应该在这里发掘出更多这样的东西，才能更清楚地了解这个古国的历史。"

　　她的话一下子就引来了以彭军为首的考察队其他成员的一致认同，于是彭军便在这时候说道："没错，寻找这里的历史典籍最重要，有助于研究，再说中村正雄正好想要拍一部新的有关楼兰古国题材的电影，我们是受他的委托来这儿寻找古墓内的历史典籍，我想那些典籍应该就存放在这个地方。"

　　彭军刚一说完，在他旁边站着的一名考察队员便对他说："彭队长，我们现在就去搜寻一下楼兰古国的典籍吧！"

　　"好，咱们现在就继续往前走。"

　　然而，就在他们继续向前走经过墓室内两排石柱中间的那一刻，危险这时发生了，其中一名考察队员一不小心用脚踩到一块松动的石板，只见从石柱内的某个缝隙的暗孔之中，竟然有无数发箭矢射向他们，由于这突如其来的箭矢是从不同的方向射出，使得很多人因为没有来得及闪避而中箭。

　　"啊！我中箭了，中箭了。"

　　其中一名考察队员在中箭之后立马大喊道，彭军这个时候则张开双臂，将他的两只手臂不断往下放，示意所有人全都趴下。

　　"趴下，快趴下。"

于是，其他没中箭的所有人便立马趴了下来，而那些箭此刻却依旧在他们头顶不停地四处散射着，等到那无数支从石柱缝隙内射出的箭矢完全射完以后，所有人立马站了起来，而那名中了箭的队员身体却出现了异样。

"哎哟！好疼，好疼。"

欧阳小枝于是顺着那名中箭的队员躺着的位置定睛一看，只见那名中箭队员中了箭的伤口处开始出现溃烂，溃烂处的位置那儿有无数只细小的黑虫正在啃食着箭矢那儿的伤口，不一会儿那些小虫子就如同一瓶有颜色的强浓硫酸一般啃食着那名中箭队员的伤口，倘若再不进行救治的话那么他将会有生命危险。

不过这时，欧阳小枝便想到了利用双鱼玉佩的力量，于是她对那名站在中箭队员身旁的彭军说："彭先生，快把他伤口上的箭拔掉。"

听完欧阳小枝的话后，彭军便立马拔掉插在那名中箭伤员伤口上的那支箭，欧阳小枝这时取下双鱼玉佩放到那名受伤队员的伤口旁边，然后念动咒语，不一会儿双鱼玉佩身上所散发的光芒很快便集中在那名受伤队员位置的那个点上，随着光芒往伤口那儿的渗入，那名受伤队员的伤口很快便愈合了，再过一会儿，连伤口也不见了，很快那名受伤队员便恢复健康。

"谢谢你。"

那名队员此刻心怀感激地对欧阳小枝说，而其他队员们见到刚才发生的这一情况后不由得感到万分惊奇且又觉得非常不可思议。

"哇，刚才那一下简直太神奇了，想不到这双鱼玉佩的能量如此强大，连伤都能治好。"

"是呀！这双鱼玉佩的力量强大到令人不可想象，它是楼兰古国历代国王供奉的圣物，当然会有此强大的威力。"

"这个双鱼玉佩会不会是外星人制作出来的东西呀！简直太神了。"

"我看你是看过中村正雄拍的那部烂片了吧！你想多了吧你，不过你这说的确实有这可能，毕竟这东西的力量实在太不可思议了。"

就在这个时候，彭军对考察队的所有人说道："大家一定要小心这里的机关，刚才那支箭上有尸毒，人一旦被射中的话若是不及时处理伤口，那么整个人就会被刚才你们看到的黑虫给腐蚀变成一具干尸的，所以大家一定要小心戒备，这是楼兰王防止盗墓者进入墓室偷盗的利器。"

说完之后，他便带领着队伍弯下腰小心翼翼地通过两排石柱的中间继续前行。

当他们抵达到两排石柱的尽头时，便看见这两排石柱的尽头处又是一座巨大的空间，在这空间内正北面的尽头处便是历代楼兰王死后躺着的石棺，石棺的正南面则整整齐齐地码放着一箱箱陪葬品，在陪葬品的正东面则是有关楼兰国用吐火罗文书写的各种石碑。

看着这一排排古墓内的随葬石碑，欧阳小枝便用手擦拭着石碑上的灰尘，在心里头默读起来，而那些其他考察队员则将楼兰国王的宝藏一箱箱地翻开，寻找着一些值钱的东西。

当其中一名考察队员从箱子里拿出一件非常精致看起来好像值钱的文物时，脸上立马露出一丝贪婪而又兴奋的表情，而后说道："哈哈哈，终于发现一件价值连城的东西啦！这东西要是能够有偿卖给国家，那得多值钱呀！"

另外一名考察队员也同样拿出一样看起来比较值钱的文物，一脸兴奋地说道："哇，有了这么珍贵的文物，若是能够卖出去，我们就发了，说句实在话，我还从来没有见过这么值钱的宝物。"

"是呀！我也没见过，这真是价值连城呀！楼兰古国在传说中可是丝绸之路上的贸易枢纽，连接着西域各国与中原王朝之间的贸易关系，有了这些价值连城的东西也不奇怪。"

"这儿有珍珠还有玛瑙以及传说中盛产在中亚和西亚的宝石，要是能把这些东西带出去卖掉，那我下半生就不愁吃不愁穿还考什么古呀！我还不如用这一笔钱出国旅游享受生活，多好呀！"

"是呀！等我们出去以后一定要把这东西全都带出去然后平均分配，这样谁也不会亏了。"

"嗯！说得有理呀！"

而此时的彭军则一本正经地翻看着用吐火罗文书写的那些保留在墓室中的有关楼兰古国的历史典籍，似乎想要通过这典籍上的内容获得一些新的知识，提高他在楼兰古国历史研究上的新突破和认知能力。

就在欧阳小枝凭借着她从她义父那儿学习到的有关吐火罗语的知识正在认真默读着石碑上所镌刻文字的同时，不仅从文字中了解了有关楼兰古国的一些比较详细的历史，而且也注意到石碑上有一段记载她生父和生母生平事迹的文字，让她对于自己的亲生父母有了一个更加清楚的了解。

"原来我的父亲和母亲生活在如此久远的年代，而且我也是在他们那个年代出生长大的，因为一次机缘巧合所以来到现在这个年代，当年他们为了保护我不受高昌国军队的杀害，让彭军带着我离开了他们那个年代才让我有幸能生活在现在这个时代，并且在这里认识了我心爱的男人叶肖，他们当年是多么的疼爱我呀！"

感慨过一阵子之后，她轻轻地用手触摸着石碑上那些镌刻着的文字，仿佛是在触摸着一个时代，一个本该属于她正常生活的时代，也好像在触碰着她的父母，想象着她刚刚出生时与父亲母亲生活在一起的甜蜜画面；想象过一阵子之后，她接着说道："这石碑原本是留给我父王和母后下葬时用的，所以才会镌刻他们的名字和事迹，如果不是因为当年那场劫难中选择与高昌大军同归于尽，掩埋在滚滚黄沙之中成为历史的尘埃，他们的最终归宿可能会在这里，而我也就不会来到现在这个年代了，或许会在本该属于我的那个时代，在父王和母后的关怀下成长。"

然而就在这个时候，她突然间发现了一个表面光滑得如同镜子一样的石碑就在其他石碑的正中央，而且这块大石碑比其他石碑要大两倍，却不知是干什么用的，石碑的表面上也没有刻上半个文字，这让她心里头不由得感到一阵疑惑不解。

"咦！为什么中间这块大石碑上没有刻上任何文字呀！它到底是用来做什么的？"

就在她为此感到十分费解的同时，她突然间听到彭军在读过那些发现的有关楼兰古国的历史典籍和文献之后，在说话时所表现出来的那一阵高兴而又兴奋的感慨。

"哈哈，太好了，有了这些典籍，我就可以更进一步对楼兰国考古研究了，然后再把古墓里发现的这些东西有偿捐献给国家，到了那个时候我便可以名利双收，不仅可以挣到一笔巨额财富成为亿万富翁，而且也可成为揭开楼兰国消失之谜的第一人，被世人所知，我为了这个机会已经等待了好些年了，今天终于可以实现了。"

说完这话后，他便转过头看了看站在石碑旁的欧阳小枝，并对她说："欧阳小姐，这都要感谢你呀！谢谢你答应和我一块儿来到这里考古，用你的双鱼玉佩帮我打开了这楼兰古墓，揭开了千年以来一直困扰史学界的一大谜团，等我带着这些文物出去以后实现理想若是发达了，一定不会忘记给你好处的。"

听到彭军这么一说，欧阳小枝感到很是意外，她怎么也想不到一位德高望重在考古界有着很高威望的考古专家竟然也会被名利二字所折服，无论他是彭军也好是方山也罢，不管他是什么样的身份都不能影响其在考古界的重要地位，可是他前来罗布泊楼兰古城这儿考古的目的竟然还是为了钱财和名利，这让欧阳小枝心里头十分的想不通。

"彭军先生，您怎么能说这样的话？我一直以为您前往罗布泊这儿寻找我们楼兰王国古墓是为了能够在古墓里头搜集有关楼兰国一些尚未知晓的历史，以弥补史学界对于楼兰国历史尚不明确的这一空缺，无论您是曾经的彭军还是现在的方山，在整个考古界都有着很高的地位，可是您现在为什么会如此在乎个人利益，贪图这里的钱财，在乎自己的名利？难道您来到这儿的真正目的不是为了给国家做贡献，仅仅只是为了这里的钱财或者是为了成为揭开楼兰古国消失之谜的第一人，才来到这里的吗？"

而此时的彭军已然露出了他前来楼兰古城这儿的真实本意，已经不在乎是否会让别人知道，给了欧阳小枝一个令她无比失望的回答。

"对，没错，我来楼兰古墓这儿就是为了得到这里的财富，就是想成为揭开楼兰古国消失之谜的第一人，为了这一天我已经等了差不多二十年了，这二十年我吃了太多苦受了太多罪了。我冒着生命危险进入被楼兰王也就是你父王诅咒的禁地差一点失去生命，后来我又隐姓埋名等着你长大成人，连自己的亲人都不去相认，为的就是这一天，来到这里可以说是我一生的追求，这就是我来这儿的目的。"

"你身为国家级的考古学家，怎么可以做这样的事，你应该无偿的把这里的文物和典籍奉献给国家，怎么可以有偿倒卖？这是一个考古学家应该做的事情吗？早知道您会这样做，我真不应该带您来到这里，这些东西是属于国家的，而不属于您的私人财物，如果您真的确定要这样做，那我只好凭我一人之力阻止你，你休想从我们楼兰古墓带走任何东西，因为我是楼兰国公主，我是这里的主人。"

欧阳小枝说的这番话，立刻就引来周围人对她的一致敌意，为首的陈国强这时立马率领一群人把欧阳小枝包围在正中央冷冷地瞪着她，并威胁她说："你一个瘦弱的女子就敢阻止我们做任何事？你以为凭你一人之力就能对付得了我们这几个人吗？我劝你还是识相一点比较好，我们彭军先生这样做自然有他的道理，你最好还是不要多管闲事，否则就要了你的命。"

而彭军这时对欧阳小枝说道："正所谓人为财死，鸟为食亡，无论是钱财也好名利也罢，对于一个人来说都很重要，你是楼兰公主不错，但你却不属于这个时代，若不是我当年把你抱到我们这个时代交给你义父抚养，你现在早就和你父王母后一样被埋在黄沙中成为一具骷髅了，正所谓滴水之恩当涌泉相报，我既然给了你生的希望让你活在这世上，你就应该帮我达成心愿，若是再敢阻挠一下，别怪我不客气。"

但是，此时的欧阳小枝仍旧临危不惧地面对着周围人对她的威胁，只见她手里正拿着双鱼玉佩说道："你们可以随意这么威胁我一名弱女子，但是你们可别忘了我有双鱼玉佩在手，只要我念动咒语你们就奈何不了我。彭军先生，我很感激您当初救了我一命，让我来到了这个时代，遇见了我的义父和义母，也遇见了我心爱的男人叶肖，但是我仍然不能允许你们带走这里的任何东西，因为这些东西都是国家的，您不可以把它们据为己有，不要为名利和金钱冲昏头脑，你住手吧！"

"你住口！"

彭军此时厉声呵斥道，之后他又接着对欧阳小枝说："人不为己，天诛地灭，这里的东西都是我发现的，国家要是想要必须用钱来换，要让我成为发现楼兰古城消失之谜的第一人，你不要以为拥有双鱼玉佩就可以为所欲为，你若是胆敢阻止我们，那我们就与你同归于尽。"

周围其他人这时候也跟着一同响应道："没错，同归于尽。"

然而就在这时，包括欧阳小枝和彭军他们在内所有人突然间感到一阵头晕目眩，好像被人下了药一样没有了知觉，最后酸软无力地倒在地上，像被人点了穴一样不能动弹。

见到眼前这一情况后，欧阳小枝已经意识到了自己和其他所有人可能是被人下了药。

"我们被人下药了。"

彭军这时感到一脸愤怒地厉声责问道："是哪个可恶的家伙给我们下了药，是谁？"

"是我给你们下药的。"

一个熟悉的声音从他们的耳畔边传来，于是几个人便寻着声音传播过来的方向定睛一看，原来这个声音正是昨天接待他们在豪华宾馆内居住的负责人陈礼，在他旁边还站着几名全副武装的雇佣兵，在那群雇佣兵的中间还站着一名令他们再熟悉不过的身影，而这个人竟然就是中村正雄，此时的中村正雄正在用那双轻视他们的眼光注视着他们。

而另外一方面，叶肖和王浩带着新疆乌鲁木齐当地的特种兵已经赶到了楼兰古墓的入口，当叶肖翻开手中的定位器一看，果然发现定位器那儿有一块红点在不断闪烁着。

"这红点正在不断闪烁，说明小枝那手机的信号还很强，他们一定就在里面，我们得要进去救他们。"

在一旁的王浩这时候对叶肖说道："原来你对中村正雄那家伙一直有防范呀！难怪你在你女朋友来楼兰古城的当天让她换了一部里头有定位信号的手机，我也一直觉得中村正雄这家伙竟然主动跟你拉关系就很不正常了，想不到他竟然比我想象中的还要阴险。"

"他其实不是中村正雄，而是宫本俊。"

听到这话后，王浩心头突然一怔感到一阵纳闷，满脸疑惑地看着叶肖问道："你说什么？中村正雄就是宫本俊？那现在关在牢里头的那家伙又是谁？"

"他是宫本俊的孪生弟弟宫本次郎，两人长得一模一样，宫本俊通过整容后化名为中村正雄。"

叶肖此言一出，把王浩弄得是越来越糊涂了，于是禁不住问道："叶肖呀！你怎么越说，我听着就越糊涂了呢？"

叶肖这时转过身对王浩说："你先别问那么多了，我们现在先进去和中村正雄那家伙对质，你自然而然就会明白一切的。"

说完，王浩便跟随着叶肖率领的队伍进入楼兰古墓。

第二十章　真相终于大白

"中村正雄？你……你……"

倒在地上的彭军此时正用手指着带领一群人缓缓朝他走来的中村正雄问道，而此时的欧阳小枝已经意识到她和队友们之所以会突然间瘫软无力倒在地上的缘故了。

"原来，我们喝过的那一壶水早就被人下了药，下药的人原来就是你，陈礼。"

此时的陈礼则露出一张奸笑着的脸冷冷地说："哈哈哈，没错，你们刚刚上车的时候，我就在彭先生的水壶内做了手脚给你们下了药，不过这些都是宫本俊先生吩咐我这么做的。"

"宫本俊？"

彭军重复了陈礼的话，然后又一脸疑惑地问道："宫本俊不是被捉进牢里头去了吗？"

然而，令彭军万万没想到的是，中村正雄这时竟然给了他一个让他感到不可思议的答复。

"我才是真正的宫本俊，关在牢房里的是我孪生弟弟，他替我坐牢是因为欧阳小枝小姐因为义父案子未破的缘故迟迟不肯去新疆罗布泊这儿，所以只好让我弟弟以我的身份暂时替我坐牢好让欧阳小姐能够答应来到这里帮我开启楼兰古墓的宝藏，不过等我得到楼兰国这里的一切财富把它们运去我的国家以后，我会救我弟弟出来的。"

"什么？原来你就是宫本俊？可是宫本俊在日本出车祸时登出来的那张遗照我曾经见过，但是你的样子看起来却一点也不像他。"

"中村正雄"这时解释说："那是因为我整容之后改了身份变成另外一个人，我之所以化名中村正雄并且潜伏在南华市是因为知道了有关双鱼玉佩的下落，当我得知双鱼玉佩在欧阳小姐义父欧阳少坤身上时，我便想要从欧阳少坤身上得到双鱼玉佩，然后自己开启楼兰古墓的大门，并来到这里想要得到这里的宝藏，但是在和欧阳少坤的谈话中得知了欧阳小姐知道一些关于楼兰宝藏和双鱼玉佩的秘密，所以从那时起我就想过要活捉欧阳小姐想要从她嘴里套出这些东西，可谁知道叶肖这小子利用我派属下活捉欧阳小姐这机会寻找线索，于是我就只好放弃这一想法。"

听到他这么一说，周围所有人便相信了眼前的这位名叫中村正雄的商人其实就是宫本俊，而此时的欧阳小枝正怒瞪着宫本俊，厉声责问道："那你为什么还要杀害我义父？他和你无冤无仇你为什么要杀他，既然你的目的仅仅只是想得到双鱼玉佩和知道楼兰宝藏的下落，你就不应该枉杀我义父的性命。"

欧阳小枝的话让宫本俊的心里感到一丝歉意，他便在脸上挂着一副很是遗憾的表情说道："对于你义父的死我深表遗憾，同时也深表歉意，我当时是没有想过要杀他的，只是因为他当时突然间喊着要求呼救，所以不得已而为之。"

听到宫本俊这么一说，欧阳小枝变得有些愤怒，只见她皱紧眉头狠狠地瞪着杀害她义父的凶手宫本俊怒道："你以为凭着你简简单单的一句道歉就能够换回我义父的性命吗？你一定会为你自己的所作所为付出代价的，我要是能够从这里出去，我一定不会放过你！"

而宫本俊这时候则不以为意地仰天大笑，似乎没有把欧阳小枝对他说的话放在眼里，于是说道："哈哈哈，你现在中了我的蒙汗药连动都动不了，你还怎么出去？我若是怕遭报应的话，我就不会为了得到你们楼兰国的宝藏大费周章，吃了那么多苦头了！等我拿到宝藏后，我就把你们几个全都困在这里，你们就在这儿跟楼兰国王的魂灵一块儿陪葬吧！哦！我忘了，你是楼兰国公主，既然如此的话你就在这儿陪你父王一块儿死在这里吧！"

　　此时的彭军已从宫本俊与欧阳小枝之间的谈话中，知道了宫本俊所耍的这些阴谋手段，已然知道了一切事情的真相，便冲着宫本俊怒道："可恶，原来你支持我来这儿寻找楼兰古墓的真正目的不是为了拍你所谓的新电影，而是来这儿给你探路的，你之所以接近我并且给我看的那一部粗制滥造的电影，就是为了寻找一个支持我来罗布泊这儿的合适理由，不让我对你有任何怀疑，真没想到你居然能藏得这么深，连叶肖这样优秀的警官也奈何不了你。"

　　"哈哈哈，彭军，你藏得还不是一样这么深吗？这么多年来你一直戴着面具隐姓埋名，等着欧阳小姐长大成人之后带着你来楼兰古墓这儿，你也不是为了等这一天吗？不就是为了来到楼兰古墓这儿得到宝藏，为了你的一己之私赚取只属于你个人的财富吗？但是可惜，这里的宝藏看来你是拿不到了，因为从现在起这里的一切都将归我所有。"

　　听完宫本俊的话后，彭军接着怒道："你做梦，这里的一切全都属于我们国家，你休想拿走这里的一切，你没权利这么做。"

　　此时的彭军在面对着国家考古文物即将要被一个外国人掠夺时，和欧阳小枝两人的思想意识和坚定的立场表现得极为一致。

　　"对，没错，这是我们中国的文物，是我们中国的财产，你不能拿走这里的一切，你这样做完全就是强盗！"

180

然而，为达目的不择手段的宫本俊早就不在乎自己这一行为的对和错，也不在乎别人对他这一可耻的行径是怎样一种评价，此时他心里头唯一在乎的就是自己的曾祖父当年留给他的使命。

　　"我是不是强盗，做过什么样的事还轮不到你们来评价，随你们怎么说好了。我只知道拿到楼兰古墓这里的一切是我祖先宫本超交给我的使命，当年我的祖先在发现《李柏文书》之时，无意间发现楼兰古墓这个秘密，他很想再去一趟罗布泊那儿打开楼兰古墓，却因为时局变化一直没机会重返罗布泊，最后郁郁而终，而现在该由我来完成曾祖父当年的使命了。"

　　说完之后，他便向周围的雇佣兵命令道："再过三个小时他们就能动了，趁他们不能动，快把他们给我捆起来。"

　　"是！"

　　但是就在这个时候，叶肖带领着跟随在他身边的特种兵此刻也进入到楼兰古墓，并冲着还未来得及对欧阳小枝等人动手的宫本俊厉声喝道："住手！"

　　紧接着，那些跟在他身边全副武装的特种兵此刻便冲到了欧阳小枝和彭军等人身边与宫本俊手下的雇佣兵对峙着，叶肖这时候便走到欧阳小枝等人的身边，拿出一杯掺了解药的水给所有中了毒的人喝了一口，等到所有中毒的人全都喝到解药后，很快便恢复知觉。

　　"小枝，你感觉怎么样？"

　　叶肖很关心地问了问欧阳小枝，欧阳小枝回应道："喝了你刚才这口水后，我现在已经恢复知觉了，叶肖，谢谢你救了我们，要不是你及时赶到，我们恐怕是凶多吉少了。"

　　当欧阳小枝说到这儿时，见到眼前的叶肖此刻已经来到这古墓之中，不由得一脸诧异而又感到好奇地问道："叶肖，你怎么会找到这里来的？"

叶肖这时便耐心地向欧阳小枝解释说："是这样的，在你前去楼兰古墓之前，我不是坚持让你换一部新的手机吗？那部新手机我安置在芯片里头有追踪器，我是通过追踪器找到你的。"

　　这时，欧阳小枝用手指着眼前的宫本俊激动地对叶肖说："叶肖，其实他不是中村正雄，他是……"

　　还没等欧阳小枝说完，叶肖便微微点了点头打断了她的话，说道："你什么也不用说了，我已经全都知道了，我知道他不是中村正雄，他就是当初杀害你义父的那个宫本俊，关在牢里的那个其实是他孪生弟弟，中村正雄这个人在日本是不存在的。"

　　叶肖的话让此时的宫本俊心头顿时一怔，感到有些不可思议，便带着心头的疑惑问道："看来我的底细你已经知道得一清二楚了，我以为我成功地骗过你，没想到还是让你看穿了，不过你能告诉我你是怎样知道我不是中村正雄的吗？"

　　"当然可以，不过这个说来话长，得从我在日本那儿派去查清楚你底细的外事警察唐龙和李永清他们俩回国的经过开始说起。"

　　话说那次唐龙和李永清分别在日本那儿探查宫本俊和中村正雄的个人信息时，不幸让黑龙会的人识破并抓住，当吉田川正想用手枪结果他们两人的性命时，只听见砰的一声，一群中国驻日本办事的外事警察持枪从关押唐龙和李永清的密室门外闯了进来，很快他们便和同样手里持枪的黑龙会成员对峙起来，为首的一名外事警察用一口流利的日语对宫本俊的母亲宫本爱子很有礼貌地说道："宫本夫人，这两人是从我们国家过来的跨国罪犯，他们在我们国家犯了事被通缉才来到日本这儿犯事，我们已经盯着他们好些天了，现在终于在这里找到他们，请你允许我们把他们俩遣送回国，由我们国家的法律进行审判。"

　　那名为首的外事警察名叫孙伟，是李永清和唐龙两人的顶头上司，当他得知唐龙和李永清他们俩被黑龙会抓捕的消息后，立马带领一行人对黑龙会进行跟踪，最后才在这个位置找到了他们，此时的他正在想方设法把唐龙和李永清两人从黑龙会成员手里给救出来。

而此时的宫本爱子这时却站在一旁冷笑地说："哈哈哈，这两个劫匪欺负到我们黑龙会头上来了，我怎么能把他们两个轻易交给你，连我们国家的警察也要给我们黑龙会几分薄面，更何况是你们这些中国的警察，想要从我们黑龙会手里要人，你做梦去吧！"

吉田川这时也说道："欺负到我们黑龙会头上来了，就得按照我们黑龙会的规矩办事，这两个人我们是不会交给你们的，你们也别指望要带走他们。"

听吉田川这样一说，孙伟便把心一横，见他们不服软的便只好来硬的了，于是他便命令周围所有警察做好战斗准备，用一种很强硬的语气说道："他们是我们国家的通缉犯，我们是外事警察，有权力把他们俩带走，你们黑龙会若是再进行阻挠妨碍我们抓捕犯人的话，我们只好不客气了，若是真的打起来的话那就是两败俱伤，若是你们想硬拼的话，那就试试，我们可是不怕死的。"

面对着孙伟的威胁，自知处于劣势，而且有些欺软怕硬的宫本爱子见胳膊肘实在拧不过大腿，便只好答应放人。

无奈之下，她的脸上便挂着一副很是屈辱的样子，有气无力地说："行吧！放人。"

就这样，唐龙和李永清便让孙伟给救下，为了不让黑龙会的人继续纠缠，他们俩便连夜返回国内，直到找到叶肖后，唐龙便把他在日本那儿知道的一切全都详细地告诉给叶肖，并且告诉了叶肖日本神道教勾玉的作用和秘密，而李永清也向叶肖反映了中村正雄是假冒的底细。

当叶肖说到这儿时，他又接着说："那天我捉你到警察局的时候，你借故上厕所，实际就是用你胸前的勾玉施展神道教的法术和你的亲弟弟用意念通话，让你的弟弟杀害龙泉观的张诺锡大师，为你自己洗脱嫌疑让我放了你。当我放了你以后，我心里头其实一直对你的身份仍在怀疑，直至你那天为我挡刀的那一刻我才彻底相信了你，不过我真没想到，你竟然真的就是宫本俊。"

宫本俊则微微一笑淡淡地说："哈哈哈，我也没想到伪装得那么好，竟然还是让你给识破了，真不愧是中国十大杰出警界青年，我彻底服了。"

此时的宫本俊心中更想要知道的是，叶肖是如何这么快就能知道他所有底细的。

"不过，我很想知道，你究竟是凭着什么能够在这么短的时间内知道这么多东西的？单凭你委托的两名外事警察的一面之词，你应该不会这么快就清楚我不是中村正雄，你肯定是因为知道了其他一些东西。"

"你说得没错，光凭唐龙和李文清他们俩的发现根本证明不了什么，你还记不记得在欧阳小枝和方山先生即将乘飞机前去新疆之前，你派过去送他们水壶的那个名叫郑华的员工吗？我告诉你，他没有死。"

听到这话后，宫本俊心里头感到异常惊慌和紧张，只见他站在原地，似乎有关郑华的生死对他来说的确不是一件值得他忽略的事。

"你说什么？他……他没有死？那会儿他明明已经。"

"明明已经让你命员工下令活埋了是吧！但是很遗憾，他自己从泥土堆中爬出来了，后来被人救出送去医院，我才知道原来你竟然这么残忍。据他跟我讲，他那天就是无意间闯入你工厂那儿秘密设在地下的生产你在作案过程中不留下指纹的衣着材质发，现了这个秘密，你就一个电话命人把他活埋，你可真够狠的，你之所以用你胸前勾玉的神力和你亲弟弟通话让他杀了张诺锡道长，就是因为他用摄魂大法知道了你的秘密，幸亏郑华那天被救才让我知道了你的真面目，你可真是让我感到太意外了。"

说到这儿时，他又想到一件令他感到更加意外的事。

"不过，有件事让我感到更加意外。"

"你说的是哪件事？"

"就是你让你亲弟弟宫本次郎冒充你替你背黑锅替你坐牢，而你却没有想过派人去救他，而是带领着一群人来到这楼兰古墓寻找你要找的东西，难道你真的打算让他替你背黑锅吗？你真的不想去救他吗？"

宫本俊则很是淡然一笑说道："哈哈，救我肯定会救的，但是那得等到我得到这些楼兰古墓内的宝藏以后，我的亲弟弟他是为了成全我来到这里拿走我曾祖父想要拿走的东西才甘愿替我坐牢的，不过现在既然你已经知道真相了，我想我也没机会能够救他出来了，但是这楼兰古墓里的一切我一定要拿走，为了我的曾祖父也为了我的国家，我一定要带走这里的一切，我手下的这些雇佣兵可都是来自世界各地的顶级杀手，我劝你最好还是不要逼他们动手，不然后果你是知道的。"

听到宫本俊这一无耻的言论，叶肖厉声怒道："新疆是我们中国的领地，所以这里的一切东西都属于我们中国，你没有权力拿走这里的一切。你抢夺他国的财物，做着这些小偷做的勾当还口口声声说是为了你的国家为了你的曾祖父，你真不知羞耻，我今天就算拼了命也不会让你和你的人从这里带走任何东西。"

叶肖此话一出，彭军这时也跟着他一块儿响应起来。

"不错，这里的一切都属于我们国家的，我可以放弃我来到这儿的个人利益，但我一定要阻止你。"

欧阳小枝这时候也接着说："你们想拿走这里的东西，我们死也不答应。"

周围人这时候也全都异口同声地响应起来。

"没错，我们就是死也要保护这里的一切，你们要是想从这里拿走任何东西，我们决不答应。"

这时候宫本俊的脸上则淡淡地露出一丝奸笑，阴沉着脸说道："好，既然你们要找死挑战我的雇佣兵，那就成全你们。"

说完之后，他向身旁的雇佣兵命令道："你们全都给我上！"

第二十一章　双鱼玉佩的秘密

面对着宫本俊手下那一队全副武装，看似凶悍无比，战斗力十分强悍的雇佣兵，跟随在叶肖身边的那一些特种兵们也毫不示弱，在面对雇佣兵们的那般挑衅，他们也同样表现出临危不惧、迎难而上的战斗意志，早就做好了与对手一较高下的心理准备。

几秒钟以后，双方便交上火，宫本俊手下的雇佣兵们很快就先特种兵一步，朝他们身上射出了一颗颗子弹，不过幸运的是那些特种兵们身上穿着一身防弹衣才使得子弹致命的威力没能伤及特种兵的性命，而特种兵这时也毫不客气地进行还击，子弹这时也同样打在了那些雇佣兵们的防弹衣上，所以那些个雇佣兵们也没有受到任何致命伤害。

紧接着，那群雇佣兵和特种兵便进行了火拼，随着枪膛内射出的那一发发如同雨点般散落至墓室内各处的子弹，没有手持武器的彭军等人为了避免他们在火拼的过程中会伤到自己，纷纷躲在墓室内的石碑后面或者是墓室内的文物后面保护着自己，可是这样一来便会让那一颗颗无情的子弹破坏墓室内的那些文物。

当彭军在看到一名特种兵用冲锋枪朝着雇佣兵射击的过程中，一不小心将墓室内的一块石碑给击碎的时候，又有另外一名雇佣兵则将墓室内一个本来完好无损的文物用子弹给毁掉，这让此时的他是再也看不下去了，连忙从掩体中站起身大声喊道："喂！小心这里的文物呀！你们再这样下去文物就会毁掉的。"

而此时的宫本俊似乎也已经意识到了彭军刚才的话说得确实有些道理，便对他手下的雇佣兵们命令道："小心这里的一切，不要开枪，不要开枪，跟他们肉搏就行了。"

不一会儿，那些雇佣兵和那些特种兵的枪战很快就变成为一场残酷的肉搏战，他们这时都开始扭打在一起。

然而就在这个时候，宫本俊慢慢从他腰间抽出一把又长又尖的武士刀一脸奸笑地朝叶肖面前缓缓走来，等到他在叶肖面前停止脚步后便保持着他脸上那张奸笑的面容说道："哈哈哈，叶肖，咱们两个现在也拿出男儿的本色像他们一样战斗吧！看看到底是谁能最终笑到最后，今天我必须要拿走这里的一切，你们谁都不可以阻拦我！"

面对着宫本俊的挑衅，叶肖此刻也没有半分畏惧，而是赤手空拳地挡在他面前，犹如一座大山伟岸的身躯，保护着站在他身后的欧阳小枝，说道："行，我接受你的挑战，有种你就放马过来吧！但是这里的一切永远属于中国，属于我们国家，你休想带走这里的任何一样东西。"

"好，那可要看你的本事了。"

说罢，宫本俊立马挥动着武士刀朝叶肖身上砍去，叶肖则来了一个后空翻，躲过了宫本俊的那一刀，紧接着宫本俊便又朝叶肖挥了一刀，叶肖这时则瞅准时机抓住了宫本俊的手腕，然后用力一摔把他摔倒在地。

等到宫本俊这时站起身后，两人便是一场激烈的较量，当他们打斗过很久以后，由于叶肖手里头没有武器，他一下子被宫本俊给逼到了刚才欧阳小枝所看到的那一个如同镜面般光滑的石碑下面，这时候宫本俊露出他那张奸笑着的脸和那一双轻蔑的眼神说道："你现在已经没有后退的余地了，乖乖受死吧！"

说到这儿时，他便一刀朝叶肖头上劈去，叶肖这时则很机智地一躲避，那把武士刀便一下子砍在那面如同镜子般光滑的石碑上。

　　然而，就在他的武士刀接触那面如同镜子般的石碑上时，意想不到的事发生了，只见那块就好像镜子一样的石碑突然间发出一道耀眼的绿色光芒，把整个楼兰古墓全都照得如同白昼，这让周围看到这一幕的所有人一下子惊得是目瞪口呆，雇佣兵和特种兵这时也停止了打斗，他们纷纷把注意力集中在墓室内的顶部，抬头往那儿仰望着。

　　待光芒散去以后，那就好像镜子般的石碑的镜面上突然间出现了一行发着光芒的吐火罗文字，若是站在现代人的角度上看，那就好像出现在现代电脑上排得很满且又密密麻麻的一行文字，见到这一情况后，所有人心中都不由得对自己眼前所看到的一切惊叹不已。

　　"哇！这光滑得就好像镜子一样的石碑上竟然会显现出一行行奇特的文字耶，不过这到底是什么字呀！"

　　"这个我也不知道呀！可能是古楼兰国通用的文字吧！但具体是什么字我就不知道了。"

　　一名考察队队员对他身旁的另外一名考察队队员问道："这石碑上的到底是什么字呀！你认得不？"

　　另外的那名考察队队员则回应道："我不认得这些字，我跟随彭军先生来这儿的目的是为了帮他打打下手，整理这古墓里头需要带走的文物，像这样深奥难懂的文字我肯定看不懂。"

　　而刚才开口问话的那名考察队队员这时也说道："说实话，其实这上面的字我也看不懂，也许咱们的彭军先生能懂。"

　　不过，对于欧阳小枝和彭军两人来说，他们俩除了惊叹以外，更想要解读一下石碑上吐火罗文的意思。

　　彭军说道："这有可能是关于楼兰国的一部很重要的文献，我得把它解读出来。"

欧阳小枝这时候也说道:"也许这突然间出现在古墓内的特殊文字里头的内容,跟我们楼兰古国消失的秘密有关,我也必须要把它解读出来。"

于是,彭军和欧阳小枝两人便非常专心致志地解读着那石碑上的文字,解读出来的内容是这样的。

"双鱼玉佩乃天神所赐,关乎我楼兰国的命运,乃我楼兰国历代王室傍身之物。此墓乃我先祖国王所建,须双鱼玉佩方能开启墓室之门,当年先祖国王曾偶遇天神下凡,受赠此玉,并授其掌控神力之咒语,因得此玉之神力故而开创楼兰王国,建元即位后,命工匠将此神玉刻成双鱼形状,故而得名双鱼玉佩。此玉由王室历代祭司保管,知其掌控神力者为楼兰历代国王或祭司,王室后代者若长至二十岁,便可用此玉之神力梦回孩提时代,知晓其出生之事。王室之墓因双鱼玉佩而生,亦可因双鱼玉佩而死,玉佩若碎,墓室将毁。"

当他们俩解读到这儿时,周围所有人一下子全都愣住了,不一会儿便对石碑上所述的内容展开了讨论。

"想不到这双鱼玉佩和楼兰古墓竟然有着如此千丝万缕的联系,如果没有了双鱼玉佩,这楼兰古墓终将不复存在,不过这文中所说的天神究竟是何许人也?他为什么要把神玉交给第一任楼兰国王,并传授他掌控神玉神力的咒语呢!"

"依照这件事情上来看,我想那名所谓的天神肯定和楼兰国第一代国王关系不一般吧!在那个遥远的年代,任何神话故事都是杜撰出来的,这世界根本没有所谓的天神,有的仅仅只是古代人类的想象罢了。"

然而,就在这个时候,宫本俊竟然开口说话了。

"可是这双鱼玉佩确实是真实存在的,而且它确实有神力,不过这所谓的神力可能就是来自地外文明的高科技。"

"地外文明高科技？"

当彭军说到这儿时，便对宫本俊刚才的话感到有些不可思议，当他联想起前一段时间宫本俊投资拍摄的那部失败的楼兰题材的电影后，便用那一口带着嘲讽的语气说道："呵呵，我看你是看科幻片看多了头脑发热了呀！这是真正的楼兰古国，不是你的那部粗制滥造的电影中胡乱编出来的一个国家，我劝你头脑还是放清醒一点吧！"

然而，令彭军没有想到的是，宫本俊竟然用傲慢的语气反倒略带嘲讽地说道："你懂什么，地外文明科技发达，在我们日本或者是你们中国还处于蛮荒时期的时候，他们就已经有了先进的高科技文明了。有关上古时期的一些神话故事，虽然听起来是无稽之谈，但是却隐藏着有关地外文明存在的证据，比方说你们中国的盘古开天辟地，女娲补天的传说，很有可能是一个名叫盘古的外星人来到那个时候的地球，因为看见地球空气污浊，所以就用高科技过滤地球有害气体让地球有了生命，而女娲补天的故事则是因为盘古那一次过滤地球空气时操作过猛把地球的天空中的臭氧层捅破了好几个大洞，所以女娲便用高科技手段修复地球的臭氧层，除了你们中国的这两个传说以外，玛雅神话传说，埃及神话传说，希腊神话传说等，多多少少都有可能存在地外文明的影子。"

听到宫本俊这么一说，彭军在脑海里仔细一想反倒觉得他说的话似乎还有些道理。

"你的这个说法似乎很有些道理，况且这双鱼玉佩也确实隐藏着巨大的能量，而且还能够被人控制，这实在不像单纯的神话传说，说不定楼兰第一代国王和外星人确实有所联系。"

见到彭军也承认了宫本俊的这一说法，欧阳小枝也不得不对这一看似荒诞不经的说法表示认可。

"这说法虽然听似荒诞不经，可是仍旧有一定的说服力，要不然我怎么会不受控制地梦见小时候的自己，并且知道了那么多事。"

然而就在这个时候，叶肖心里头有了一个主意，于是说道："我们不妨打开第一代楼兰王的石棺看一看，说不定能找到答案。"

过了一会儿，众人便找到了第一代楼兰王的石棺，只见这个石棺的表面竟然是金黄色的，似乎被人为地涂了一层金箔，于是众人合力打开石棺的棺盖一看，只见棺材里头躺着一具干尸，干尸上穿着的衣服早已腐烂不堪，就跟个废弃的破抹布似的，颜色早已褪掉。

在这具干尸的手中，握着一个非常特别的东西，这个东西是个金黄色的十六面体，在这十六面体的每一面都有着一个黑颜色好似现代小型照相机的镜头，这让见到这一情况后的所有人都不由得感到一阵惊叹，都非常好奇这奇怪的装置到底是什么东西。

"这奇怪的东西到底是怎么做出来的呀！这是古代楼兰人做出来的东西吗？"

"好像不是的，这么现代化的东西怎么可能是古代楼兰人做出来的呢？这东西上黑颜色的那个点看起来就好像是摄像头或者是照相机的镜头，和楼兰国那个时代的东西根本就不一样嘛！"

"是呀！这看起来好像就是地外文明的产物，和我们现代人生产出来的电器装置也不太像。"

"或许是吧！"

就在其他人正在对这一奇特装置展开讨论的过程中，欧阳小枝一下子挤到那些正在对他们眼前看到的这一奇特现象感到好奇的众人中定睛一看，果然看见那每一面都有好像照相机或者摄像头一样东西的十六面体，便忍不住用手去触碰。

然而，当她刚一用手触碰，就出现了比刚才在那玻璃石碑上出现的

192

一行文字时更加诡异令人吃惊的情况，只见她胸前挂着的那块双鱼玉佩突然间发出一道蓝白颜色的光芒包裹在棺材中那十六面体的装置上，装置上的那十六个好似摄像头一般大小的孔洞瞬间同样亮出十六道蓝白色的光芒，当装置上的那十六道光芒从棺材之中集中散播至墓室上空时，墓室的上空瞬间出现一道影像，只见那影像之中呈现出令人感到非常不可思议的一幕，那便是外星人。

这个外星人长着一对长长的大大的黑眼睛，正驾驶着一架好像出现故障的飞碟坠落至罗布泊中，就在飞碟坠落不久后，有一位路过的普通人在飞碟的残骸处找到了飞碟失事后的这个奄奄一息的外星人，于是他便将那外星人背回家中进行照料，照料过一阵子以后，外星人便恢复了健康。为了感激那路人的救命之恩，外星人便给了路人一块儿石头和金色的十六面体，并告诉他一段听不懂的咒语还有那块石头的秘密，而后便呼叫其他飞碟最终离开了地球。

当外星人离开以后，得到那块石头的人便用石头的力量建立了一个国家，那便是楼兰国，而他就是躺在石制棺材中的第一任楼兰国国王，影像放到这儿后便消失不见。

而此时看到这一影像的所有人，此时此刻已经完全知道了双鱼玉佩的秘密。

"没想到，这双鱼玉佩原来就是这么一回事呀！楼兰国第一任国王依靠双鱼玉佩的力量建立了楼兰王国，我想这个楼兰古墓肯定也是他建国以后修建的，所以双鱼玉佩与楼兰国的一切都是息息相关的。"

此时的欧阳小枝在看过刚才那个十六面体的神秘装置投射出来的影像后，自言自语地这样分析了一阵子，彭军这时也在一旁一边在脑海里分析一边说道："没有错，就是因为这双鱼玉佩与楼兰国息息相关，掌控着楼兰国的一切，所以也关乎着这古墓内的一切，所以才有了'玉佩若碎，墓室将毁'这句话。"

叶肖这时也在一旁说道："原来传说中的双鱼玉佩就是地外文明的高科技产物，所谓的天神原来真是外星人，这两千年来一直守护着墓室里头的所有文物，让所有觊觎楼兰古墓内的盗墓贼一直不敢侵扰，这里头的一切之所以能够保存得这么好，全部是因为双鱼玉佩的功劳，不过现在这墓室已被打开，我们也一样要保护墓室里头的一切，因为这些东西都只属于我们国家。"

然而，他在说这话的同时，一个危险的信号一下子从他身后的方向传来，他忽然间听到身后传来一阵阵换弹夹的声音，于是他猛然间转过身一看，只见此时的宫本俊和他手下的雇佣兵们全都用枪头指着他，而宫本俊此刻正露出他那副冷峻的表情说道："不，这里的一切应该属于我宫本俊，属于我们日本，我来到这儿的目的就是为了完成我曾祖父当年的遗愿挖开这楼兰古墓，把这里的东西全都带去日本，成为揭开楼兰古墓的第一人，为了这个目标我已等了很久，所有人都休想阻止我。"

说完，他便从手枪里头射出一发子弹朝叶肖身上射去。

"小心！"

为了保护叶肖，欧阳小枝不顾一切地冲到他身边替他挡住了宫本俊射过去的那一发子弹，可不巧的是，那枚子弹却正好打中欧阳小枝胸前挂着的那块双鱼玉佩上，玉佩瞬间被击碎。

就在玉佩被子弹击碎的那一瞬间，整个古墓竟然剧烈摇晃着，彭军这时很快便意识到大事不妙。

"玉佩若碎，墓室将毁，双鱼玉佩碎了，这古墓已经失去保护了，将要坍塌了，我们得赶快离开这儿。"

说完，彭军、叶肖、欧阳小枝和其他人全都往古墓大门的方向冲刺，只剩下宫本俊和他身旁的雇佣兵还留在原地，只见宫本俊这时从嘴里说出一句话。

"走吧！你们都走吧！走了以后清静多了，没人跟我争这里的宝物了。"

紧接着，便是一阵狂笑，笑过以后他向身旁的雇佣兵命令道："快给我把这些东西全都装进袋子里，一个也不能少。"

于是，那些雇佣兵便听从他的吩咐，拼命地将古墓内的文物往袋子里头装。

而另外一方面，刚刚冲出古墓大门口的叶肖等人这时候看见，墓室外的黄沙已经堆积成一排排二三十米高的沙堆，眼看着就要把整个楼兰古城给淹没了，叶肖见到这一情况后立马大喊道："快，快跑，不然我们就要被淹没在这里了。"

说罢，所有人立马朝着沙漠外的方向快速奔跑，而宫本俊此时仍旧执着地想要把墓室里的文物装入麻袋之中，眼看着整个墓室就要塌掉，他依旧不动声色自顾自地装载着里头的文物，但是他身边的雇佣兵们为了逃命，已经不想再顾及这些文物了。

只见其中一名雇佣兵一脸惊恐地看着快要塌方的墓室，一边说："宫本先生，我们得要赶紧出去呀！再不出去就来不及了。"

又有一名雇佣兵这时也说："宫本先生，逃命要紧，顾不上这些东西了。"

说罢，便要阻止宫本俊，可是宫本俊却依旧非常固执地装载着墓室里头的文物。

"你们滚开，要跑你们自己跑，为了我祖父我一定要把这些东西带走再出去。"

眼见着宫本俊此时已经失去理智，那些雇佣兵们已经管不了那么多了，他们便丢掉手中的袋子拼命往墓室出口的方向跑，可是跑了没多久便被一排排倒下去的石柱给砸中，当场毙命。

当宫本俊装好墓室内的一批楼兰文物后，便扛着袋子自言自语地说："好，拿到这些东西就已经足够了，我一定要把这些东西带去我们国家，一定要完成曾祖父当年给我们交代的使命。"

然而，当他扛着那一袋子文物没走多久，出口便被塌方的石头给封死了，想要出去已经完全没有任何可能了，这一下他彻底绝望了，无奈之下他只好张开双臂，从容地迎接着死神的到来，想到自己那么多年就为了得到这楼兰古墓里的一切大费周章，而现在竟然还是一场空，这让他感到既灰心又丧气。

"想不到我这么多年费尽心机，隐姓埋名地来到这个国家，千方百计地想要得到这里的一切，到头来竟然还是不能如愿完成曾祖父的使命，还要把自己的命搭在这里。"

说到这儿时，他便跪下身去似乎正在向他曾祖父表示忏悔。

"宫本家族的历代祖先们，请恕宫本俊无能，没能完成你们交代给我的使命，我实在有愧于你们。"

他刚一说完，便被渗入墓室内的沙子给埋葬在这早已坍塌了的楼兰古墓之中。

第二十二章　大结局

随着遗址外滚滚黄沙正在不断地朝着楼兰古国遗址内古墓的方向快速渗入，使得整个楼兰国遗址此时此刻早已渐渐淹没在罗布泊这片一望无际的荒原之中，也让楼兰古墓内的秘密永远地尘封在这片荒凉而又贫瘠的土地上。

想到因为自己个人对心中那份错误构想的过分执着，而把自己的生命永远地给埋葬在这片荒漠中的宫本俊时，所有人都不由得对他的死发出一阵感叹，也为他的死而感到有些惋惜。

"想不到宫本俊这家伙穷尽一生，为了得到楼兰国的宝藏，不择手段地害死了那么多人，而他自己也为此付出了那么多的牺牲和代价，最后竟然还是葬身在了这里，葬身在他那不切实际的幻想之中，简单地来说是他曾祖父的祖训害死了他。"

彭军一边这样说一边感叹道，欧阳小枝这个时候也不由得对宫本俊的死感到叹息。

"偷盗别国的宝藏，并将其据为己有，这本来就是一件荒唐而又错误的事情，可是他却明知不可为而为之，这就注定他会走到这一步的。如果他能够正确地去修正他曾祖父的错误构想，不去一味地遵循他曾祖父那所谓的遗训，安安心心地和他伪装的中村正雄一样做一个地地道道的生意人，对他来说这样的结局反而更好。"

叶肖说道："每个人都有每个人的选择，只不过他选择了一条错误的道路，才导致他走上了这条不归路，他因楼兰宝藏而生也因楼兰宝藏而死，也算是有始有终了，我们也没有必要再为他的死而惋惜。"

然而，彭军这时则通过宫本俊的死幡然醒悟，也意识到他因个人的利益和名利而执着寻找楼兰古墓，犯的错误竟然和宫本俊一模一样，想到这儿时，他一脸歉意地对站在他身旁的欧阳小枝说："欧阳小姐，在古墓里的事请你原谅，我为了一己私利竟然想到要私自倒卖楼兰文物赚取财富，还差一点伤害了你，我为我的做法感到非常后悔。现在看到宫本俊做的那些错事，我才深刻意识到自己真的错了，从今往后我不会再惦记楼兰古墓里的财富，更不会在乎我是否会成为解开楼兰古国消失秘密的第一人，我只会安安稳稳做回我原来的自己。"

欧阳小枝见到此时的彭军对自己的过激行为有着认真而又深刻的醒悟，便在心里原谅了他。

"没关系，过去的事就让它过去好了，你既然能从宫本俊的身上深刻意识到自己的错误，看来你应该是在真心反省你自己，这事我不会挂在心上。"

欧阳小枝看着此刻已经被黄沙所掩埋的楼兰古城遗迹，不由得为那些得而复失，埋藏在楼兰古墓下面的文物和古籍感到有些可惜。

"只可惜埋藏在古墓下面的那些个很有研究价值的楼兰历史古迹文献和文物，却一个都没能拿出来，我们好不容易找到楼兰古墓，想要从里头寻找一些对楼兰历史有价值的东西，却是一点都没有得到。"

然而，当欧阳小枝的话刚一说完，叶肖便从背包里拿出一样楼兰文物呈现在欧阳小枝面前，只见此时的他正面带微笑地对欧阳小枝说："你看看，这是什么？"

欧阳小枝定睛一看，接过叶肖手中的那样东西，心头不由得一怔，一脸惊讶地问道："啊，这不是楼兰古墓内的陶俑吗？你是怎么弄到的？"

而其他几名考察队队员此时也在他们手中拿出更多楼兰古墓内的东西。

"欧阳小姐，看看这里，我拿到了楼兰国器皿。"

"我拿到了楼兰古墓里的首饰，还有工艺品。"

"我拿到了古墓内的一样陶器和铁器。"

"我拿到了一幅古墓内的字画和帛书。"

这时，彭军也面带微笑地从他背包里拿出一样有关楼兰国历史的文献书籍和竹简，十分开心地说道："哈哈哈，我天真地以为我们在古墓里头什么也没拿就逃出来了，想不到我当时也留了一个心眼儿，还差一点就忘了呢！有了这些东西，研究楼兰国更多未解开的历史谜团应该有价值了。"

欧阳小枝这时候带着玩笑般的语调问了彭军这样一个问题。

"您还是准备把这些东西拿去倒卖吗？还梦想着成为揭开楼兰国消失之谜的第一人吗？"

彭军这时则摇了摇头，语气很平和地对欧阳小枝说："不想了，不想了，我打算把这些东西无偿捐献给国家，为楼兰国历史讲述更多未知的学问和秘密，让更多的人能了解楼兰古国，不会想着再做什么揭开楼兰国消失秘密的第一人了，我决定把双鱼玉佩和外星人的秘密永远埋藏在心底，不会告诉任何人的。"

而叶肖这时也问了彭军一个问题。

"彭教授，您是否打算恢复您彭军的身份，您是要做彭军还是继续做方山？"

彭军则回答说:"彭军这个人已经成为过去,已经成为历史了,我还是继续做我的方山教授吧!"

就在这时,欧阳小枝心里头突然记起她和叶肖之间的约定,于是主动撒娇般地用手搭着叶肖的肩膀问道:"叶肖,你还记不记得在我去罗布泊楼兰古城遗址时,我们的约定?"

而叶肖此时也已经清楚了她说这话的意思,于是回答说:"记得,当然记得,等回去之后我们就结婚吧!"

"嗯!"

几天的时间过去了,此时的叶肖在南华市的某座大型监狱内,探望着被关押在犯人审讯室的宫本次郎,并且向他告知了他的亲哥哥宫本俊的死讯。

"你的哥哥在罗布泊那儿挖掘楼兰古墓时因遭遇沙尘暴而遇难,被埋在楼兰古墓中永远出不来了,你节哀吧!"

听到这个消息后,宫本次郎的脸上立马露出一副悲伤且又绝望的表情,看得出他心里头一定是非常痛苦的,然而让叶肖感到有些意外的是,他在调整过一会儿情绪以后竟然没有说出半句对亲哥哥的死感到万分悲痛的话。

"哥哥穷尽一生,为了完成曾祖父的遗愿,来到中国付出了这么多的牺牲和代价,到头来竟然还是一场空,都怪他没用,早知道这样我当初就应该直接接管他的事来做,要换作是我,我一定能够把楼兰古墓的宝物弄出来,运到我们国家去。"

而他的话,立马就引来性格一向疾恶如仇的叶肖的愤慨,只见他猛然间从座位上站起身来,带着愤怒的情绪冲宫本次郎怒道:"罗布泊是我们中国的领土,楼兰古墓也是属于我们中国人的财产,你们日本人来我们中国抢夺我们的文物和财产本身就是不对的,因为这里是中国,不是你们日本，我们中国人在这片土地上所拥有的一切神圣而不可侵犯，更不是你们来这儿抢夺财产的地方。你因为杀害了张诺锡道长，依照我们国家的法律，杀人者偿命，你已经被判处死刑了，你还是好好反省你和你哥的罪孽，为你们两人的所作所为，也为你们俩害死的那么多无辜的人忏悔去吧！"

丢下这句话后，叶肖便扬长而去，一个月的时间很快便过去了，叶肖和欧阳小枝的婚礼也在这一个月后的某一天，在一阵喜庆的音乐声中开始了。

在这场正在举办的婚礼中，出席这场婚礼的人有方山先生和他的贴身保镖陈国强，有叶肖警局里的同事，还有他的亲戚和朋友，不过让他感到意外的是，他的表哥柴俊却到现在还未到场，说是准备要带一个他新收的一名姓吴的徒弟过来。

这一次之所以称呼方山而不叫他彭军这个他本来的名字，是因为他更愿意承认自己目前这个戴着面具的身份，永远和当初那个一心只想挖掘楼兰古墓成为揭开楼兰国消失之谜而为了财富和名誉的彭军彻底告别。

此时的婚礼场面热闹非凡，参加婚礼的方山正在和其他客人们一块儿谈笑风生，很是自豪而又得意地讲述着他最近对于楼兰古国历史的研究成果。

"最近呀！我在我发现的楼兰古国遗址内的文献中发现了许多有关楼兰国的历史秘密，这对我们国家研究楼兰国历史有着很高的研究价值呀！我现在已经把我的研究成果还有考古文物全都无偿捐献给国家，为国家的历史考古研究事业做贡献。"

其他几名跟他说话的孙子楚等以及其他人全都以他们那赞美的目光纷纷回应着方山。

"厉害呀！方教授，久闻您曾经在楼兰国历史方面有着很深的研究，而现在您在这块领域上已是更上一层楼了，真是可喜可贺呀！"

"那可不，咱们的方教授现在是西域和楼兰诸国历史学上的泰斗，成就已经很高了。"

"是呀！方山先生一心为国效力，把他从楼兰古墓那儿发现的所有东西都自愿贡献给国家，又为国家尽心尽力研究楼兰国历史，这样的人能不被人尊敬吗？"

"没错，这是方山先生应得的，他为历史考古事业奉献得多，得到的东西当然就会更多呀！"

方山这时候拿起酒杯笑着说："人这一生可以为金钱和名利奋斗，但是不能够把这样的追求用在错误或是不正当的事情上去，若是能够把自己一生的追求和奋斗用在为了国家为了人民服务这件有意义的事上，才能真正做到无怨无悔。"

而他们之间的谈话，也让穿着礼服和婚纱的叶肖和欧阳小枝听到了，他们俩不由得对彭军朝他现在这个身份的转变与认同感到一丝欣慰。

"看来他从心眼里不再认同自己以前的身份，已经完全接受了他现在的身份。"

此时的叶肖一边关注着方山和他身边的人相互之间的谈话一边这样说道，欧阳小枝则在一旁回应着。

"没错，是呀！他现在把他在楼兰古墓内挖掘的一切全都贡献给国家，不再为了金钱和名誉而活，也不再为金钱和名誉而劳累，对他来说心灵已经得到了释放。他当初为了能够揭开楼兰古墓的谜团等着我长大成人等了好多年了，就好像宫本俊那样不遗余力地为着一个错误的目标追寻着，不过到头来他还是能够幡然醒悟，看开一切大彻大悟，这让他渐渐知道了一些比金钱和名誉更重要的东西，那就是生活。"

听到欧阳小枝说的话后，叶肖禁不住再次感叹道："是呀！人之一生中可以有梦想可以有追求，可以对某一件事特别执着，但是要看一看自己所追求的一件事是对的还是错的，金钱和名誉是每一个人梦寐以求的东西，追求这些东西是没有错，但是要看清自己的目标是否是正确的，如果目标不是正确的，那么他所追求的东西注定是得不到的。"

而欧阳小枝这时候又说："是呀！追求可以有，但是这样做很累，只要我们能够享受生活热爱生活，无怨无悔地做好我们自己，即使没有任何追求和梦想，我们心里也是快乐的。"

婚礼仪式伴随着结婚音乐声的响起，叶肖和欧阳小枝随着仪式的进行，婚礼的环节已经到了交换戒指的这一步，在交换戒指之前，叶肖对欧阳小枝说："小枝，我等待这一天等了很久了，就让我好好爱你一辈子吧！"

欧阳小枝这个时候也同样感叹道："是呀！这一天来得真不容易，就让我们彼此之间珍惜对方一辈子吧！"

然而，当他们二人正要交换戒指时，在大门外有一名穿着西服戴着眼镜的中年男士，还有一名皮肤白皙、浓眉大眼、薄嘴唇，长相看上去非常帅气且又清秀的青年一同走进婚礼现场。

"请等一下，我有话要说！"

说话的这位穿西服戴眼镜的中年男士就是叶肖的表哥柴俊，而跟在他身边的那名帅气的青年就是他新收的徒弟吴宸亮。

当叶肖一看见他表哥终于来到婚礼现场时，脸上不由得露出一丝高兴而又激动的表情，于是说道："表哥呀！你怎么才来呀！"

柴俊这时笑着对表弟叶肖说："我这不是来了吗？我刚才去找我的徒弟把他也给带过来了。"

柴俊说完，便向叶肖介绍道："这位就是我跟你说的那个姓吴的徒弟，他叫吴宸亮，他可厉害了，从高中时期就一直模仿我写的小说，结果模仿到现在，直到成为咱们湖东省作家协会的一员，这小子虽然没得到我的亲自指点却一直认定我是他师父，不过现在他已经正式成为我的徒弟了，今天就带你见识见识。"

吴宸亮这时候也很有礼貌地拱起手臂跟叶肖打了声招呼道："您就是我师父的表弟吧！我听师父经常提起过您，听说您是中国警界十大杰出青年之首呀！在警界破获了很多重大案子，可是做过重要贡献的，而如今您破获宫本俊案子的事迹也已在我们整个南华市传开了，我刚才跟师父商量要用您的真人真事给您写一本破获这案子的传奇小说，并且就用您的真名，您不会介意吧！"

叶肖则很爽快地答应了吴宸亮："这没什么，我当然不会介意，你既然要写我的真实事迹肯定得用真名。"

他的话让吴宸亮听到以后感到十分兴奋与激动，于是面带微笑非常高兴地大声说道："啊！真的吗？这太好了，想不到您竟然这么爽快这么看得开呀！我一定会把您写成悬疑小说中一位很了不起的警官。"

当叶肖在听到这话后，不由得对吴宸亮即将要给他写这个小说的名字产生了兴趣，于是他面带微笑地问道："哈哈，那我就提前感谢了，不过我想问一问你想好小说的名字了吗？"

吴宸亮这时便回答说："当然想好了，叫《梦回楼兰》。"